5
藥師少女的獨語
日向夏
Natsu Hyuuga
illustration しのとうこ
「連人要金裝都稱不上啊。」
「要你管」。
貓貓拖著沉重的裙裳。
U0025876

毛毛在貓貓的腳邊打轉。
牠似乎認得壬氏，
偶爾會到他腳邊嬉鬧。

王氏坐在遠處，
斜對面坐著中等個頭的中年男子。

回頭一看，
一名打扮輕浮的娼妓
憑倚著二樓的欄杆
正在抽菸斗。
她正是三姬中的白鈴。
衣裳半開半掩，
縫隙間露出豐腴肢體。

白娘娘做了
有趣的表演。
先是不知從何處
變出些蝴蝶，
接著蝴蝶紛飛，
起火燃燒後，
化作灰燼消失。

「那就有勞了，先替孤卸了吧。」

貓貓用浸溼的手巾為王氏擦臉。
王氏似乎覺得溼手巾的觸感很舒服，
闔著眼睛任由貓貓擦拭。

藥師少女的獨語

INTRODUCTION

事件一波未平，一波又起。

第五集一樣趣味性十足，從頭到尾讓人心跳加速。
貓貓所到之處，總有各種錯綜複雜的大小事件等著她。
試毒少女也一如往常地被捲入這些事件當中，
她大可撒手不管，卻自己往裡頭栽。
貓貓的立場也慢慢改變，
逐漸成為受到宮中部分人士另眼相待的人物。
此外，她與壬氏原本毫無交集的關係似乎也有了明確變化？
期盼已久的第五集，為您帶來一場閱讀饗宴！

藥師少女的獨語 5

日向夏

Kadokawa Fantastic Novels

目錄

藥師少女的獨語

目錄

5

彩頁、內文插畫／しのとうこ

人物介紹

貓貓……煙花巷的藥師。平素個性冷靜，但一講到藥或毒物就像變了一個人。為煙花巷娼妓與軍師羅漢之女。

壬氏……原本為後宮的宦官，真實身分其實是皇弟。身世成謎。容貌絕美，素有「若為女子將能傾國」之稱。

高順……原為壬氏的監察官，現將職責交給兒子，轉為皇帝效力。

馬閃……壬氏的貼身侍衛，高順之子。

羅漢……貓貓之父，戴著單眼鏡的怪人軍師。能力優秀，但個性太難應付。雖然溺愛貓貓，但被貓貓嫌棄。

羅半……貓貓的堂兄。原為羅漢的異母弟弟之子，現為其養子。同樣是個怪人。

羅門……貓貓的叔祖兼養父，英明睿智的醫官。

里樹妃……後宮四夫人之一。年紀尚輕，性情怯懦。

阿多……前四夫人之一。與皇帝之間生有一子，然而……

翠苓……先帝的外孫女，為因罪滅族的子字一族之遺孤。身懷藥師方面的知識。

樓蘭……前四夫人之一。出身於子字一族，由於逃出後宮而被問罪，生死不明。又名子翠。翠苓的異母妹妹。

女皇……當今皇帝的祖母，先帝之母。曾代替先帝治理政事，是位女中豪傑，但同時也流傳著不少壞名聲。已故。

先帝……人稱昏主、昏君，性好狎玩女童，惡名昭彰。已故。

玉葉后……西方出身，原為四夫人之一，現為皇帝正室。與皇帝之間育有一兒一女，兒子為東宮太子。

老鴇……在照顧貓貓的青樓裡管事的老太婆。守財奴一個。

三姬……綠青館的三位當紅名妓，分別是白鈴、梅梅與女華。

趙迂……子字一族的遺孤。由於飲下返魂藥，導致半身麻痺並失去從前記憶。

李白……與貓貓熟識的武官。迷戀白鈴。

序話

「喂喂，這樣就癱了怎麼行啊？」

他聽見有人揶揄的聲音。說話的人高高在上地看著直作嘔的自己。圍牆上可以看到一個少年的身影，手裡拿著蘋果。少年用潔白的牙齒咬了口堅硬的果實，發出清脆的聲響。自己明明是躲在林木間，鑽過下人搜尋的目光溜過來的，這傢伙怎麼一下就能找到他？

「少囉嗦，我知道啦。」

「知道就回去啊，侍女都在哭喔。」

這傢伙嗤嗤笑著，在圍牆上看好戲。真是氣人，很想回對方一句「你有資格講我？」。穿著這種近侍在穿的衣服，活像隻猴兒似的在圍牆上啃蘋果。要是讓侍女看到這種態度，不昏倒才怪。

「那可是重要的職責，你得好好幹。」

猴兒如此說著，下了圍牆站到他面前，然後一副了不起的態度把他的頭髮摸了個亂七八糟。他不甘心被明明只差一歲的傢伙當成娃兒，把那傢伙的手甩開後，少年笑了笑，用衣襬擦擦咬過的蘋果，然後遞給他。

「給我吃剩的？」

「不想吃就別吃。」

「……」

他把蘋果一把搶來，咬一口與齒痕位置相反的地方。硬脆酸甜的果實讓嘴裡清爽許多。抬眼一看，近侍打扮的那人笑咪咪的。

「……好歹也給我挑個像樣點的對象吧。」

「別強人所難了。人家給你的東西全是最高級的，怎麼可能讓你享用下等貨色？要是那樣做的話，會毀掉很多人的一輩子。」

「她可是比我娘還老耶？」

「呃，你這樣講要我怎麼回答？」

猴兒抓抓後頸，露出了著實為難的神情。

他明白，這點小事他清楚得很。但他還是個孩子，心裡實在還看不開。

「成熟點吧。」

「不過就比我大一歲，神氣什麼？」

自己就比我成熟嗎？他很想回嘴。對方的意思難道是換作自己，就能冷靜接受嗎？

既然這樣——

「……我決定了。」

「決定什麼？」

他豎起食指，直接指向近侍打扮的那傢伙。

「來當我今晚的對象。」

「啊？」

他隱藏起羞赧，臉上浮現諷刺的笑意說。

一話 蝗蟲

煙花巷的早晨總是顯得心慵意懶。鳴叫到將近黎明的籠中鳥兒，待客人一回去就拋開了陪笑的臉，然後在太陽升起的短短時間裡，像斷線人偶似的沉睡。

貓貓一邊打呵欠，一邊走出破房子。可以看到眼前的綠青館正在冒出熱氣，想必是男僕們在賣力為早晨的入浴做準備。空氣冰冷刺骨，太陽升起得很遲。光是穿上棉襖與罩衣還嫌太冷，她一邊呼著白煙一邊搓手。

離開後宮至今過了一個月，新年慶祝已畢，最近才剛剛變得清靜。由於阿爹進宮作了醫官，於是貓貓又像這樣回到了煙花巷。

破房子裡有個孩子還在睡。由於起來也只會吵，還是再讓他睡一會兒吧。那孩子名叫趙迂，是去年因罪滅族的子字一族的遺孤之一，但因為一些原因而像這樣讓貓貓收留下來。

這死小鬼照理來講應該是良家子弟，卻讓人不禁懷疑他到底是不是好人家的小少爺。他的適應性出奇地高，膽子大到能躺在這種到處漏風的破房子裡呼呼大睡。

（對了，老太婆叫我過去。）

順便在綠青館借熱水洗個澡好了。天氣這麼冷，洗冷水澡著實吃不消。貓貓渾身打個哆嗦，站到水井前面放下水桶，拉動軲轆打水。

到綠青館一看，洗浴過的眾娼妓正在讓小丫頭幫著擦乾頭髮。

「哎喲，今兒怎麼這麼早？」

溼著頭髮的梅梅對她出聲問道。梅梅是綠青館三姬之一，如同貓貓的大姊。洗浴都是從階級較高的娼妓洗起。

「梅梅小姐，妳知道嬤嬤去哪了嗎？」

「妳找嬤嬤啊，她在那邊跟樓主說話呢。」

「謝啦。」

綠青館管事的雖然是老鴇，但另有主人（老闆）。他一個月來一次，與嬤嬤商量青樓的各種事宜。主人是個初入老境的男子，與老鴇是自幼舊識，不敢對她說一個不字。謠傳他可能是前任主人與嬤嬤的兒子，但沒人知曉真相。

主人除了經營青樓外似乎另有正當生意，乍看之下就只是個隨和的好人。事實上他的確老好人到讓人擔心能不能在這世間混得下去，假如老鴇不在了，青樓的經營將會不堪設想。

「該不會又～帶了些奇怪問題進來吧？」

「這個嘛，我也不知道耶？」

就在梅梅對貓貓攤開雙手時，忽然間……

「你這大笨驢！搞什麼鬼啊！」

老鴇的聲音從娼館深處迴盪而來。貓貓與梅梅面面相覷。

「看來是猜對了。」

「是啊。」

不知道這次又捅了什麼婁子。

過了一會兒，老鴇從樓房深處走來，後面跟著個初入老境的膽怯男子。綠青館的人都叫他一聲館主。因為若不這麼叫，就會忘記這家娼館的主子是誰。

看館主頻頻搓撫自己的頭頂，大概是吃了老鴇一拳。

「哦，貓貓，妳來啦？」

「不是嬤嬤叫我來的嗎？」

「有這麼回事嗎？」

（老太婆，妳痴呆啦？）

貓貓明明是心裡想想而已，下個瞬間，拳頭卻捶到了貓貓的頭頂上。有時貓貓會懷疑這老太婆搞不好是能看透人心的妖仙一類。館主用同情的眼神看著貓貓。

（總覺得跟庸醫有點像。）

難怪見著庸醫會覺得眼熟，貓貓現在才恍然大悟，有可能是覺得跟這大叔很像。

「總之，看妳這樣子，應該是想來洗個熱水澡吧？要不要順便吃個早膳？把那小子也帶過來吧。」

「怎麼這麼大方？」

「老娘偶爾也會慷慨一下的。」

說完，老太婆一邊發出咚咚的腳步聲，一邊往廚房走去。

館主說「那我先告辭了」，就匆匆忙忙地回去了。貓貓一邊納悶他怎麼不像平常那樣吃過早膳再走，一邊鞠躬目送館主離去。

「……」

聚集在食堂的眾人都說不出話來。

「糟透了。」

坐在貓貓旁邊的白鈴小姐歪扭著臉孔說。她雖然是眾人口中的綠青館三花之一，但要是恩客看到她這張臉肯定要美夢破滅。就是這樣的一副表情。

至於貓貓，則是一種發現水缸裡長了孑孓的表情。

能坐大約二十個人的長桌上放了與人數相同的幾碗粥、湯與小菜，以及等間隔地並排的三大盤菜。

綠青館基本上都是供一飯一湯，最好不過多一道菜。今天有一小碟醋拌涼菜，另外又有大盤菜，所以是兩道配菜，以平素來說應該是相當豪華的早膳，但是……

某種東西在大盤子裡發出黑亮光澤。這玩意本來是侵襲農田的害蟲，如今成了餐桌上的配菜——也就是蝗蟲。

「嬤嬤，這是？」

「少囉嗦，吃就對了。是館主帶來的伴手禮。」

這下終於知道老鴇在生什麼氣了。館主經營的生意不只青樓，表面上是個大店老闆，做的是正經買賣。但是生意手腕卻難以恭維。

「今年歉收，好像是被人家哭訴了。」

嬤嬤火冒三丈，一邊給粥淋上黑醋一邊說。

館主做的是米麵生意。這個國家會向農民徵收農作物作為稅糧，另外再收購一定份量。而館主所做的買賣，就是讓其餘農作物在市面上流通。

「但他竟然照人家開的價買下來，真不知道做的是什麼打算。本來就是滯銷貨了，今年還買了這麼多。」

盤子裡盛著用醬與砂糖熬煮過的乾炸蝗蟲。

「據說是買太多，不能長期保存的話都會浪費掉，所以竟然還用砂糖來煮，乾脆丟掉不就得了？」

砂糖是高級品。就算用上大量砂糖熬煮，誰也不會想吃什麼乾燒昆蟲。果不其然，東西大量滯銷，才會像這樣端上綠青館的餐桌。

館主原本好像也想帶回自己家裡吃掉，但他那邊有他的隱情，家裡有個不喜歡這邊生意的夫人。反正一定是覺得與其被夫人罵，還不如挨老鴇揍吧。

貓貓抓抓後頸。雖然貓貓吃怪東西吃慣了，但看到這麼多昆蟲堆積如山實在引不起胃口。吃個兩三隻就想擱下筷子了。

娼妓比貓貓更討厭吃怪東西，無不是皺著一張臉不肯夾菜。

「快給我吃！妳們不是成天喊著要配菜嗎？一個人少說得吃五隻。」

老鴇一肚子火氣地說，眾人面面相覷。然後，終於有第一雙筷子伸向了大盤子。

（哦？）

一個意想不到的人物吃了蝗蟲。他毫不猶豫地咬碎長相讓人發毛的昆蟲。

「不怎麼好吃耶，沒什麼肉。」

講話嗓音高亢的趙迂，邊吃邊誠實說出感想。本來以為他是好人家的小少爺，會不太願意吃這種東西，看來倒也不盡然。不知是這方面的習慣跟記憶一起丟失了，或是以前有吃過，還是小孩子的適應能力強？

「真佩服你敢吃耶。」

白鈴越過貓貓，向她旁邊的趙迂說。

「雖然不好吃，但是還吃得下去啦。只是真的很沒肉就是了。」

（沒肉？）

記得蝗蟲在烹煮之前得先挖掉內臟，所以沒肉是當然的。貓貓一邊心想「本來不就是這樣嗎？」，一邊不大樂意地嚐了點蝗蟲。

（嗯？）

的確很沒肉，比之前吃過的那種鬆脆感更吃不到肉。明明是乾燒菜卻給人這種感覺，很可能是因為嘴裡只吃得到外殼。雖然蝗蟲本來就不算肉質肥美，但這個更乾瘦。

「欸欸，我來幫妳吃怎麼樣？算妳一個月餅就好。」

看到趙迂跟白鈴談起生意來，貓貓一把抓住他的腦袋用力往下按。「好痛，痛痛痛！」趙迂呻吟。

貓貓用筷子夾起蝗蟲細細觀察。她老毛病又犯了，一旦對某件事開始好奇，就會變得滿腦子都是那件事。

「我是想叫妳去買個東西。」

吃過早膳後，老鴇總算想起把貓貓叫來要做什麼了。說是要叫她到城坊中央大街上的市集跑腿。

娼妓不能離開青樓，男僕做事又不夠仔細。市集上雖然會擺出許多奇珍異物，但也有不少奸商想敲人竹槓。既然沒有店面，照理來講價錢應該比較便宜，但卻有些惡徒仗著沒招牌就做生意不老實。想買好貨需要有好眼力。

「我想叫妳去買香料，就是每次那種。」

也就是平素在綠青館玄關焚燃的淡雅香料。香料是消耗品，能便宜就便宜，但也不能用劣質品。

「好啊，打賞呢？」

貓貓伸出手，被老鴇啪的一下打掉。

「早上的熱水澡加上兩人份的早膳。還便宜了妳哩。」

不愧是死要錢的老太婆——貓貓心想。

「喂～麻子臉，給我買那個。」

「不買。」

趙迂扯著貓貓的袖子指著玩具攤，結果被她一口回絕。老實說貓貓很想一個人來，偏偏這個死小鬼滿地打滾耍賴撒野，逼得貓貓不得不帶他來。貓貓拉住趙迂的手，拖著他一路往前走。

京城中央有條大街，每天都會開市。從這車水馬龍的地方再往前走，就是皇親貴族居住的地方。

站在這邊一看，有時貓貓會懷疑自己在那種地方當過差的事會不是只是一場夢。但是趙迂就像這樣在她的身邊，表示貓貓的確待過宮中，因此才會被捲入那場事件。

子字一族的造反，似乎對市集多少造成了一點影響。

北部地方以穀類與木製加工品為特產，如今貓貓感覺這類店家比平素少了點。取而代之地，此時看到的多為南部或西部常見的果乾或紡織品。

貓貓另外還看見一樣東西，讓她又一臉嫌棄。有店家在賣乾燒昆蟲。又是蝗蟲。

「那個絕對很難吃啦，誰會買啊。」

趙迂站在店家前面這麼說，貓貓摀住他的嘴把他拖走。攤販老闆的眼神凶巴巴的。

「幹麼啦，本來就很難吃啊。」

「閉上你的嘴。」

貓貓目光冰冷地看著趙迂，由衷心想「小孩子就是這樣才討厭」。

「那麼沒肉的蟲子絕對難吃啦。啊——我看今年鐵定要鬧糧荒了。」

趙迂壓低聲音說。

「……你說什麼？」

貓貓眼睛直眨巴，看向了趙迂。

「啊，妳說絕對難吃嗎？」

「不，我不是說這個，你後來說什麼？」

趙迂偏偏頭。

「今年鐵定要鬧糧荒了？」

「你怎麼知道會那樣？」

「嗯……是為什麼呢——」

趙迂用右手用力抓頭。左手則微微痙攣，無力地下垂。

趙迂死而復生，使得身體部分麻痺，並且幾乎失去了過去的所有記憶。

「我記不太清楚，只是好像聽過只要蟲子瘦巴巴的，農作物就會歉收。」

趙迂抱頭苦思。貓貓原本想搖晃他的頭看看能不能讓他想起些什麼，但他好歹是寄養在貓貓這兒的，不能對他過度粗魯。

但是，假如趙迂所言屬實，貓貓覺得這恐怕會演變成大事。她注意著控制力道以免把他打得更笨，拍了幾下趙迂的額頭。「不要這樣啦。」趙迂鼓起腮幫子說。

「我說不定想得起來。」

「真的嗎？」

貓貓一問之下，趙迂的視線不動聲色地望向店家。

「妳買點東西給我，我就會想起來了！」

「……」

趙迂用一種正兒八經的神情說。總之貓貓先把趙迂的嘴巴拉長到極限再說。呆笨地缺掉的門牙總算長出了一點新牙來。

死小鬼果然就是死小鬼。貓貓深有此感。

（還說有可能想起來哩。）

趙迂頭上留著個腫包，喜孜孜地在動筆。這個死小鬼想要的東西很意外地不是玩具，而是紙筆。

毛筆是貓貓拿出自己的東西給他所以還好，但紙卻比想像中來得貴。可能因為是好人家出身，趙迂懂得分辨東西的好壞，東挑西揀了半天，向貓貓要了店裡最貴的紙。

當然，貓貓不會讓他這麼奢侈，所以選購了雖然品質差一點但堪用的貨色。紙以消耗品來說很貴，但沒貴到買不起。就祈禱今後流通數量能增加，讓價格下降吧。

看到趙迂抱著一疊紙歡天喜地的，總之貓貓只賞了他一拳就饒過他了。

一回到綠青館，趙迂就一直在畫畫。貓貓忙著調製人家拜託她的墮胎藥與風寒藥。她將趙迂交給今天休假磨茶的娼妓或年紀相仿的幾名見習娼妓看著，不讓他搗蛋，然後就窩在藥舖裡。

就在她調好人家要的藥，送去其他青樓回來的時候……

（怎麼搞的？）

玄關聚集了一群人，有娼妓與見習娼妓，連男僕也擠在裡面。

貓貓好奇地凝目一看，只見那個小鬼一副臭屁樣待在眾人的中心。貓貓心想一定是這小鬼又搞出什麼花樣了，快步前往趙迂身邊。她擠過人群，站到死小鬼面前，看見流麗的線條躍然紙上。

「幹麼，麻子臉？要排隊的。」

「你在搞什麼？」

趙迂把紙放在平坦的板子上代替桌子，正在畫畫。一名娼妓故作端莊，秀氣地坐在趙迂面前的椅子上。

「哪有幹麼，畫畫啊。」

他流暢地揮毫，勾勒形貌。紙上出現一位比眼前娼妓更有三分姿色的美人。

「好了——完成。」

趙迂把筆放在墨瓶上，拿起紙張甩甩。讓趙迂描摹的娼妓從故作端莊的神情轉為笑臉，一邊「哎呀哎呀」地連聲讚嘆，一邊從懷裡掏出荷包。

「下次再來啊——」

趙迂收下品質精美漂亮的五枚銅錢，放進了懷裡。以小鬼頭的零用錢來說太多了。

「換我了。」

一名男僕坐到椅子上。這人怎麼都不用看店，在這裡鬼混？要是被老鴇抓到，不遭一頓打罵才怪。

「啊！抱歉，小哥，紙用完了。我現在就去買，你明日請早吧。」

「怎麼這樣啊——我等很久了耶！」

「對不起啦，我明天第一個就把你畫成美男子啦。」

應付得真是駕輕就熟。趙迂說完就離開綠青館，噠噠地又往紙舖跑去了。

貓貓記得才剛買了一疊十張給他，所以這麼快就用完了？請他畫肖像畫的光是現在數數就有三人，這就夠他撈回本了。

（真沒想到他還有這一技之長。）

貓貓一邊輕輕抓抓後頸，一邊探頭看看娼妓手上的肖像畫。

「你們這些傢伙！都在幹什麼啊！」

原本一團和氣的眾人聽見老太婆的沙啞喊叫，頓時大驚失色。

「還不快去準備開店？客人都要跑光啦。」

聽到嬤嬤高舉掃帚這麼說，娼妓、見習娼妓與男僕紛紛作鳥獸散。貓貓也想早早回自己的舖子去，但白骨似的五指一把抓住了貓貓的肩膀。

「幹麼啊，嬤嬤。」

「還問我幹麼？我說那個小鬼，就算是寄養在妳那兒，收了撫養錢，妳也別太寵他。」

「錢都被嬤嬤妳搶去了不是？」

不知為何，收下的金子都讓嬤嬤保管著。趙迂之所以在綠青館進出還算自由，就是因為這個原因。但即使是小孩，男人就是不便住在青樓裡，但又不能扔進男僕居住的大雜院，結果就在貓貓的破房子裡住下了。

「妳得付我場子錢。算妳便宜點，一成就好。」

（死要錢的老太婆。）

貓貓自認為沒說出口，不可思議的是嬤嬤的拳頭還是落到了她頭上。

「好啦，妳去把那些毛筆還有墨瓶收一收。」
「憑什麼要我做？」
「叫妳做妳就做，否則今天讓妳喝蝗蟲湯。」
（死老太婆。）
貓貓按著腦袋，不情不願地開始收拾墨瓶。

傍晚，貓貓擺出臭臉看著回到破房子來的趙迂。
「麻子臉，毛筆放哪去了？」
「你東西不收好，我不給你了。」
貓貓一扭頭轉身背對趙迂，替爐灶添木柴。
「別這麼小氣巴拉的嘛。」
「我可是老鴇教出來的。」
貓貓攪拌陶鍋裡的粥，舀起來嚐嚐。她嫌味道太淡，加了點鹽。
「嬤嬤說要收場子錢。」
「我知道，下次我會換個地方畫。」
聽到這句話，貓貓皺起眉頭。她把勺子往陶鍋裡一擺，逕自站到在草蓆上休息的趙迂面前，用半蹲姿勢盯著趙迂瞧。
「怎樣啦？」
「要付場子費就付，你就在綠青館附近畫。不准去附近沒有男僕的地方。還有，不可以一個人去買紙。」
「我愛怎樣就怎樣，關妳啥事？」
趙迂把頭扭到一邊，貓貓一把抓住他的腦袋，硬是扭過來讓他面對自己。
「你不怕橫著回來的話隨你。」
「橫著回來？」
貓貓定睛瞪著他。「橫著回來」這話不是開玩笑的。雖然綠青館總是一團和氣，但這裡是煙花巷，原本是京城表裡兩面龍蛇雜處的地方。貓貓悄悄的要他看看破房子的窗戶，從關不緊的門扉縫隙指了指外頭。
「會被那種人纏上的。」
薄暮中浮現一盞燈火。那人用衣物當頭罩下，手上拿著燈籠與草蓆。乍看之下只是個尋常女子，然而……
「！」
趙迂霍地站了起來，把東西撞得乒乓作響。

大概是遠遠瞧見了吧。那個暗娼的臉上缺了鼻子。連個像樣的窯子都沒有，只能在路邊接客的最下級娼女，身體早已因為性病等等而弄得一身病痛。照那樣看來已經來日無多了，但為了賺到今天的飯錢還是得接客。

之所以定居在這附近，可能是阿爹菩薩心腸施捨了藥，不然就是想撿其他娼館剩的客人。貓貓覺得實在是給人找麻煩。

「這裡不是乾淨的地方。看到一個小鬼手上有錢，多得是想殺人劫財的傢伙。」

意思是「不想死的話就乖乖聽話」。

趙迂噘著嘴嘔氣，眼裡閃著水光點了點頭。

「知道了就快把飯吃一吃睡覺吧。」

說完，貓貓走到爐灶前，重新攪拌一鍋粥。

翌日早晨，貓貓醒來時，趙迂已經先起床了。貓貓聽見他偷偷摸摸做某些事情的聲音，一看，桌上散落著紙張。趙迂忙著動筆。

（那個小鬼擅自……）

趙迂擅自把貓貓藏起來的毛筆與墨瓶拿出來用。貓貓爬起來，打算賞他頭頂一拳。這時，一張紙從桌上掉了下來。

（嗯？）

貓貓狐疑地把紙撿起來，上面畫著精細入微的昆蟲圖畫。畫得太好，寫實到教人看了不舒服。

（看到這個，就讓我想起那件事……）

想起一個喜愛昆蟲的宮女……不，是曾為嬪妃的姑娘。她記得自稱子翠的姑娘，也曾經畫過這樣的圖畫。貓貓不禁有些感慨地看著圖畫。

「畫好了──」

趙迂忽然站了起來，拿著一張紙站到貓貓面前。

「麻子臉，我畫好了。」

「什麼畫好了？」

「這個啊，這個。」

趙迂不容分說地把紙拿給貓貓看，鼻孔都張開了，一副得意的嘴臉。紙上畫著兩隻昆蟲，外形有微妙差異。

「我記不太清楚，但好像是這個。我在聽說農作物歉收的事情時，應該是同時看到過這個。」

雖然講得曖昧不明，但畫像畫得非常清楚。

「這個是普通時期的蝗蟲，下面的是農作物歉收時的蝗蟲。」

兩種蝗蟲的腳長短不同。還有雖然水墨畫看不太出來，但從濃淡來看，應該在顏色上也有差異。

「這是真的嗎？」

「大概吧，只記得一點片段。」

趙迂還沒能恢復記憶，但是似乎已經慢慢想起了一些片段。這麼一來會引發很多麻煩問題，但有件事情比這更重要。

關於這兩種蝗蟲，必須做更深入的調查。有一種現象稱為蝗災，是足以滅國的天災之一，大量蝗蟲會把莊稼啃食殆盡。

雖說害蟲年年都會引發嚴重農災，但蝗災遠比那可怕更多。蝗蟲會把所有東西啃得一乾二淨，據說災情嚴重的幾年，連粗草繩或草鞋都會被吃掉。雖不知道災害發生的原因，但每隔幾年或幾十年就會發生一次。幸運的是自從當今皇上登基以來，還沒發生過這樣的災禍。

假如是因為當今皇上治世有方，因此老天爺也不降下蝗災的話當然很好，但貓貓覺得不可能有那種事。反正一定是湊巧還沒發生罷了。

這樣一來，當今之世一旦發生第一場蝗災，就會形成考驗皇帝能力的機會。日前皇帝才剛懲罰過國內最有權勢的子字一族，時機不好。倘若這時候發生蝗災，想必會有一些人當成是誅戮子字一族遭天譴。

（嗯，跟我無關，跟我無關。）

明明應該跟貓貓無關，身體卻自己動了起來。

貓貓一回神才發現，自己正在前往街上的書肆。

（我是覺得不會有啦。）

貓貓看到趙迂繪製的精緻圖畫，想了起來。她之前也有看過這種圖畫。貓貓在林立的店家當中，選了一間昏暗且滿是霉味的書肆。

鈴鐺叮鈴一響，店內深處像個擺飾的老闆跟貓貓略為打個招呼。笑臉只陪到這裡，老闆隨即回去打他的瞌睡。店裡沒客人像是生意清淡，不過最近老闆的荷包應該賺得很飽才是。

（畢竟他可是有送書到後宮呢。）

店裡的書大多是借閱本或舊書。雖然也有賣新書，但數量很少。想買新書時必須用訂的。這家店的老闆把這方面的生意交給孩子做，自己過著半清閒的日子。

（不可能會有的。）

這裡賣的大多是傳奇話本或是春宮圖等不入流之物。不過偶爾還是能挖到寶，所以貓貓才會過來看看……

「……」

貓貓揉了揉眼睛。

這是何等機緣巧合？貓貓不禁擰了擰臉頰。

「老闆，這個可以讓我看一下嗎？」

貓貓指著堆在桌上的書冊說。

「嗯～嗯～～」

貓貓將這種不置可否的回答當成是答應了，於是拿起那本書。書很厚，封面繪有鳥類的圖案。

（不會吧。）

不，這不可能。可是，事情就是發生了。書中收錄著大量鳥類圖畫與說明，許多地方還寫了注釋。

「這本書哪兒來的？」

「嗯——昨天有人來賣的。」

話回得懶洋洋的，好像嫌貓貓打擾了他睡午覺。

「還有拿其他東西來賣嗎？」

「就那一本了。不過，對方好像有說還會再來喔。」

貓貓頓時滿臉煥發光彩。這是貓貓第二次拿起這本書了。沒錯，就跟她當時看到的是同一本書。

那是在她被子翠帶去那個房間監禁時看到的。為了調製長生不死藥而留下的資料當中，就有這本書。

二話　右叫

這東西怎麼會出現在這兒——貓貓心想。

她記得在那件事情過後，子昌的城寨就遭到封鎖了。那裡頭的東西出現在這裡並不合理。就算是他們搬動了城寨裡的物品，如果像這樣在市面上流通，就表示有人盜賣公物。

（嗯——）

如果是這麼回事的話，貓貓也有她的辦法。

犯人馬上就抓到了。至於是怎麼抓到的，方法很簡單。

「別特地把我叫來這種地方啊，小姑娘。」

李白一副不耐煩的樣子說道。嘴上這樣說，眼睛卻心神不寧地在綠青館裡打轉。地點在貓貓經營的藥舖裡，李白得縮起他的高大身軀才進得來。

「還要我對付宵小，妳當我很閒啊。」

嘴上這樣說，眼睛卻在頻頻往上偷瞄挑高天井，在樓上尋覓某個花容玉貌。想必是在找綠青館三姬之一的白鈴吧。

貓貓的武官友人李白對白鈴一往情深。但是逛青樓需要銀子，因此只要是與白鈴感情融洽的貓貓拜託，他唸歸唸還是會幫忙。

貓貓說書庫遭竊，贓品可能會流通到市面上，希望李白可以幫忙盯緊。圖鑑這種珍本失竊，東西只要一拿出來賣就能逮到。宵小也有可能把貨拿到其他書肆脫手，所以她才會這樣交給李白處理。

「哼哼，我可是從一大早就在盯著，妳可得感謝我喔。」

「沒想到大人竟然會親自出馬。」

李白好像是親自處理這件事，大概是真的很想有所表現吧。在這乍暖還寒的季節站崗，著實是辛苦他了。

李白把手裡的包裹交給貓貓，似乎是伴手禮的糰子。然後，他又開始頻頻望向天井。大概是希望貓貓能跟大家一起喝茶吃點心，然後把白鈴也找來吧。

不過在那之前，貓貓有事情想請他辦。

「那麼犯人呢？」

「妳找犯人的話，在外頭讓妳們這邊的男僕看著呢。」

「這樣啊。」

貓貓從窗戶往外瞧，看見兩名男僕擋住一個面黃肌瘦的男子。男子滿臉鬍渣，穿著莫名厚重的衣服。貓貓對那件厚實的棉襖有印象。棉襖藏汙納垢，看得出來有好幾天沒洗過。

（怪了？）

貓貓偏著頭，試著回想是在哪裡看過。

「喂。」

無視於李白的呼喚，貓貓穿上鞋子，前往男僕身邊。

被兩名壯漢擋住的小偷，看起來比外貌更瘦小。

「很危險的，不要太靠近他。」

老資歷的男僕抓住貓貓的衣襟說。貓貓很不喜歡別人像這樣把她當成貓兒似的，但是從小男僕就是這麼對她。貓貓維持著這樣的姿勢看看小偷。

「……」

「……」

貓貓與小偷四目交接。小偷盯著貓貓的臉瞧，然後臉色變得鐵青。接著，貓貓正在猜想他會說什麼時……

「蛇姑娘！」

男子口沫橫飛地說。

「叫錯了吧，應該是貓姑娘才對。」

老資歷的男僕促狹地說。旁邊其他男僕都在笑。

（這傢伙是……）

貓貓不太會記人臉，而且他臉頰削瘦所以一時沒認出來，但她在城寨的確見過這名男子。就是看守貓貓房間的那個男人，也是這傢伙把貓貓從拷問房放出來的。就是貓貓在享受美味蛇肉時出現的男子。

（原來如此啊——）

貓貓恍然大悟。記得那時他說城寨情況危急要開溜，還趁火打劫。既然是看守，要從那個房間偷書想必很簡單。

「怎麼了，小姑娘？」

李白過來瞪著男子，男子顯而易見地開始發抖。要是被人知道他是從那城寨逃出來的，可不是判個竊盜罪就能了事。

（唔嗯。）

這下可以好好利用——貓貓心想。

「請大人饒恕，小女子認識這傢伙。」

「啥？」

貓貓口氣滿不在乎地對傻眼的李白說完後，對罪犯露出邪門的笑臉。

李白原本一臉納悶，但貓貓拿著茶點去找白鈴後，立刻就搖著尾巴離開了。

於是現在貓貓的藥舖裡有貓貓與那個小偷，以及……

「老叔，你不用看著沒關係啦。」

貓貓不耐煩地看向老資歷的男僕。大家都已經開始喝茶，只有這個男僕來到貓貓這兒。手上還不忘拿著糰子。

「那怎麼行。要是讓奇怪的傢伙欺負了妳，狐狸閣下跟蒙面公子都會罵我的。」

狐狸閣下指的是單眼鏡軍師，蒙面公子就是壬氏了吧。壬氏來到這裡時都會以巾布蒙面。那個男子即使破相，仍然有著價值連城的容貌。不但光是一張臉就夠引人注目了，考慮到身分地位更是得祕密行事。

「不會怎樣啦——我只是安靜吃我的糰子，什～麼都沒聽見。」

男僕如此說著，靠在牆壁上。這個年近四十的男子，從貓貓出生前就在這裡了。男子名喚右叫，辦事總是圓滿周到，深受老鴇信賴。

（反正一定會給老鴇通風報信。）

這樣一來，就不能說到一些不便讓老鴇聽到的內容。

（露餡應該也不會怎樣吧。）

貓貓一邊做如此想，一邊看看坐在眼前的男子。木板地上並排放著兩本書，一本是貓貓在書肆找到的，另一本是今天男子拿來賣的。

「其他書到哪兒去了？」

對於貓貓的質問，男子幼稚地把臉別到一邊。一個滿臉鬍渣的男子做出這種動作，只會讓人覺得肉麻。

（我沒空陪你玩。）

假如拿到其他地方賣了，搞不好又會被別人買走。貓貓猛力捶了一下地板。

「那邊那個武官有參與上次城寨的鎮壓行動，你不怕我告訴他，你也在城寨裡嗎？」

貓貓用緩慢低沉的聲調開口。

男子的臉色變得更糟。貓貓並不想威脅救過自己的人，但迫不得已。問出書的下落比較要緊。

右叫大口吃糰子塞得滿嘴，在一旁慢慢咀嚼。雖然看起來只是個悠哉的大叔，但卻鍛鍊得身強力壯，發生狀況時要制伏這麼個男子不是難事。

男子為難地歪歪嘴，然後像是死了心般低下頭去。

「我手邊還有三本。兩本在別的城裡賣了，其他沒帶出來。」

只要爆炸火勢沒延燒到那個房間，留在那兒的書說不定還能弄到手。這麼一來，問題就是還沒變賣的其餘兩本。貓貓手邊的是鳥類與魚類的圖鑑。

「昆蟲圖鑑賣了嗎？」

「沒有，一本在我手邊。」

（一本？）

貓貓彎著脖子沉吟。鳥類圖鑑上標著數字，寫著「壹」，表示應該有「貳」才對。

「你能立刻把那本圖鑑拿來嗎？」

「妳就不能先答應不會把我交給官府嗎？」

「那要看你的態度。」

見貓貓講話口氣咄咄逼人，一直站在旁邊的右叫長嘆了一口氣。

「喂喂，貓貓。妳這樣豈不是在威脅人家？」

說著，右叫坐到窄小藥舖的木板地上，拍拍男子的肩膀。

「老兄，肚子餓不餓？看你好像有難言之隱，你先放輕鬆點。」

「……」

男子沒說話，但右叫一言不發地走出了藥舖。沒過多久，他就把一大碗飯菜放在托盤裡端著回來。雖然配菜只有剩下的乾燒蝗蟲，但右叫才剛把筷子拿給男子，他就毫不遲疑地開始大口扒飯。
速度快到把貓貓嚇了一跳。
「……」
「妳還得多學著呢。」
右叫拍拍貓貓的肩膀。男子忙著扒飯，看都沒看他們一眼。右叫小聲地說：
「看他那樣子，來到京城的路途上應該吃過不少苦吧？說要賣書，鐵定也是實在沒錢吃飯，迫不得已。書本身保管得很好，我看他不像是個壞人。」
「我想也是。」
可是貓貓急著想知道書的下落。
「妳得懂得恩威並濟的道理。」
「知道了啦。」
假如老鴇是綠青館發威的那一個，這個男僕領班就是負責施恩的。雖然是個個頭不高又相貌平平的大叔，卻很受娼妓歡迎，就是因為他這種個性。
「嗯？怎麼了？」
狼吞虎嚥的男子吃到一半停了下來。右叫偏著頭看他。
「好難吃。」

「你討厭蝗蟲？」
「這才不是蝗蟲哩。」
男子用筷子夾起蝗蟲說。
「不就是蝗蟲嗎？」
「你們這邊的人可能都叫作蝗蟲，但農民會分開稱呼。」
「什麼意思？」
貓貓與右叫湊過來看著男子。男子用筷子夾起一把堆積如山的乾燒蟲子，一隻隻試吃後分類。分成兩堆的蟲子，以比例來說大約八比一。
「這邊是蝗蟲，農民會乾燒來吃；這邊是飛蝗。看起來很像，但飛蝗很難吃。」
「味道有差那麼多嗎？」
右叫追問。老實說，貓貓從來不知道飛蝗與蝗蟲有這麼大的差別，也都是沒想太多就混為一談。
「一吃就知道了。因為都是把腳拔掉後乾燒，從顏色看不出來，所以一些惡劣的傢伙會賣假貨給無知的商人。就因為這樣，大家才會覺得蝗蟲難吃。」
原來如此，那麼館主一定是個很好騙的買家。蝗蟲一比飛蝗八，難怪難吃了。貓貓伸手拿一隻蝗蟲放進嘴裡。的確是這邊比較有肉，似乎好吃一點。

男子神情嚴肅地盯著飛蝗看。

「有什麼問題就說出來。」

右叫代替貓貓問道。

「今年可能會鬧飢荒。」

這句話讓貓貓逼向了男子。

「果然是這樣？」

「我……我不敢保證。只是飛蝗比蝗蟲多的年份，隔年蟲害會很嚴重。」

從飛蝗與蝗蟲的比例來看算夠多了。跟趙迂所言不謀而合。

貓貓盯著男子瞧。

「說到這個，你明明是看守，怎麼對昆蟲這麼清楚？真要說的話，那個房間裡除了書之外，應該有更值錢的東西才對，何必特地把書帶走？」

一般來說應該會選更容易脫手的東西才對。

男子有些害臊地抓了抓後頸。

「……我本來不想賣圖鑑的。」

「那你怎麼跟書肆老闆說還會再去賣？」

「我不陪點笑臉，人家怎麼會高價收購？再說我本來是想等到有錢了，再去把它買回來。畢竟誰沒事會去買什麼圖鑑啊。」

這邊不就有一個嗎？不過貓貓沒說出口。

男子一貧如洗。現在是冬天所以還過得去，但他蓬頭垢面，老實說貓貓不是很想讓他進藥舖。照他這樣子，想找份正經行當恐怕有困難。

「那座城寨的監禁房之前住過一個老先生，是我去給他送飯的。」

意想不到的話題讓貓貓睜大眼睛。

「他好像是為了調製新藥還是什麼才被帶去的，不過說是還有做其他各種研究。」

「什麼研究？」

「就是這個啦。」

男子指出了飛蝗。

「怎樣才能不讓蝗災發生。」

男子說那人就是在查找這個方法。

貓貓咕嘟一聲吞下了口水。就在她開口想詢問男子時……

只聽見好大的「砰！」一聲，藥舖的門被打開了。

「麻子臉！我可以吃妳的糰子嗎！」

趙迂兩手拿著糰子跑來了。

男子驚訝得直眨眼。

「咦？這不是少……」

話講到一半，貓貓用手抓起放在近旁的磨碎藥草，塞進男子張大的嘴裡。

「好苦！」

抱歉得讓男子痛苦掙扎了，誰叫他差點說出說不得的事情來。

（對耶，這傢伙……）

他認識趙迂。之所以去救貓貓，也是因為趙迂拜託。表面上來說，子字一族應該已經被誅全族了。結果卻有一人出現在這裡，怎麼想都很不妙。

趙迂看到男子滿地打滾，覺得很有意思。他興味盎然地看著一個陌生大男人要笨。

「糰子給你就是了，你快出去。」

「幹麼啊，隨便趕人走。妳當我小狗小貓啊？」

趙迂似乎不記得男子是誰，並沒特別理會。

「趙迂，大叔讓你坐肩膀怎麼樣？」

「咦！可以嗎，老叔？我要坐我要坐！」

貓貓感謝右叫機靈地幫忙轉移了話題。

（雖然沒有確切證據……）

但還是提醒一聲比較好。貓貓彎著手指數數壬氏還有幾天才會過來。

三話　酣眠

後來過了三日，直到太陽上至中天，蒙面貴人才終於出現在藥舖。

「歡迎光臨！」

看到貓貓精神煥發地前來迎接，反倒把壬氏嚇壞了。他後面站著目瞪口呆的高順，就像在說「發生了什麼事？」一般。

「喂！妳……妳是怎麼了？」

「小貓，在妳眼前的是壬總管，妳是不是認錯人了？」

貓貓不高興了。他們幹麼這種反應？高順就好像是說溜嘴似的偷看壬氏一眼，壬氏從蒙面巾布的縫隙用猜疑的目光回望高順。

壬氏踏進藥舖後，在圓形坐墊上坐下。由於店裡空間窄小，高順總是在綠青館的玄關等候。關起拉門後，壬氏這才取下了蒙面巾布。

出現在眼前的是一如平素的美貌，以及頰上極不相襯的一道傷疤。雖然已經拆線，看了不再讓人那麼心痛，仍然會令看見的人遺憾地嘆息。

市井百姓把去年發生的子字一族叛亂寫成了精彩刺激的故事。故事中的主角，就是美貌的皇弟與反派樓蘭。一般可能會以為反派應該由子字一族之長子昌來當，然而樓蘭卻搶了他的角色。理由八成出在壬氏的傷疤上。

在只應天上有的美貌留下一大條傷痕的惡婦，今後想必會在眾人口中繼續輾轉相傳。貓貓想起那個笑口常開又喜愛昆蟲的宮女，目光不禁飄遠。

「妳不是有事找孤嗎？」

被壬氏這麼一問，貓貓抖了一下。

（差點忘了。）

貓貓從櫥櫃裡拿出在書肆買的圖鑑。

「這是？」

「似乎是某個趁火打劫的宵小從城寨裡偷出來賣掉的。」

貓貓沒提起從城寨逃出來的男子的事，把男子交給男僕領班右叫照料。右叫很會照顧人，定能妥善處理此事。

從城寨逃出來的男子似乎決定改名為左膳。由於怕皮小子趙迂想起從前的事，為防萬一才會讓他使用化名。男子似乎也對之前的名字並不留戀，跟著右叫學做事。

（賣給書肆的圖鑑都收回來了。）

右叫很快就把書都找回來了。所幸正好有個熟識的女衒去了男子賣圖鑑的城鎮，右叫跟對方談過，請人家把書都買來了。

那麼剩下的問題就是……

「小女子想其餘圖鑑應該在城寨裡，想請總管將它們全部找出來。」

壬氏瞇細一眼看著貓貓。

「全部找出來要做什麼？」

貓貓把東西實際上拿出來，作為問題的回答。大剌剌地放在壬氏面前的大碗裡，堆著乾燒過的噁心蟲子。

壬氏臉孔抽搐往後退。

「這是何物？」

「是乾燒蝗蟲。只不過幾乎都是飛蝗就是了。」

貓貓用筷子將它夾起，逼近壬氏。壬氏繼續後退，碰到牆壁，撞得姿勢一個不穩。

「孤可不吃！」

「小女子沒要您吃。」

貓貓把飛蝗放到盤子上，拿出了繪有昆蟲的紙。紙上有著飛蝗與蝗蟲的圖畫。雖然是照著乾燒蟲子畫的，但有掌握到特徵。這是貓貓給趙迂零用錢讓他畫的。

「聽說去年有大量飛蝗湧現。農村有沒有提過蝗災的事呢？」

「……」

壬氏臉色一沉。他一邊抓頭，一邊長吁一口氣。

「孤接過報告，北部農村災情嚴重。」

不過，還不至於有百姓餓死。不知是幸或不幸，據說去年秋天似乎天候較冷，因此較為容易撲滅蝗蟲。好像在數量還沒增加太多前就全部死光了。

「蝗害有時會持續數年。今年情況如何呢？」

壬氏的臉孔歪扭起來。他或許也早就預料到此一狀況了。

既然是北部，那麼應該幾乎都是子字一族的封地。如今他們已經不在，可能是由皇帝治理當地。

「關於去年歉收的部分，孤已經安排以南部的倉儲周濟。」

看來之後的部分可能還顧不過來。壬氏像高順一樣眉頭緊蹙。

「今年若是再次發生，可能就吃緊了。」

一般認為會發生蝗災，是因為皇帝治國無方。雖然不過是幾隻蟲子，但據說歷史上確實有國家因此滅亡。

而如果蝗災發生在子家滅族的隔年，百姓會作何感想？

（荒誕無稽的迷信。）

並不是所有人都能當作是這樣。而皇帝與皇族的治世，對這些百姓也必須一視同仁。

「蝗災是自然現象，孤能怎麼辦？焚燒篝火把蟲子引來，還是一隻隻捏死？」

說得有理。這樣沒完沒了。

「所以，小女子才要找到這些書。」

貓貓將圖鑑遞到壬氏面前。

從城寨中逃出來的男子——左膳帶在身上的就是昆蟲圖鑑。書中寫滿了注釋。

「昆蟲圖鑑應該另外還有一本。既然不在這兒，小女子認為很可能還在城寨裡。」

手上的這一本裡，沒有分配頁數給飛蝗。飛蝗是常見的昆蟲，圖鑑不可能未加收錄。

「據說之前待在那城寨裡的藥師，做過蝗災的研究。」

「此話當真？」

「只是不知道研究到什麼程度。」

但是貓貓告訴壬氏，還是有查明的必要。

壬氏撫摸下頷沉吟片刻。然後他拉開門把高順叫來。高順正好要把糰子串放進嘴裡，於是即刻去喚在綠青館外候命的隨從。而糰子串被眼尖的趙迂看到，擅自吃了。

「數日內孤就會弄到手。」

「謝總管。」

貓貓長吁一口氣。雖然事情不是這樣就解決，不過能把數日來盤旋腦海的事情說出來，讓她心情輕鬆許多。

相對地壬氏的臉色變得很糟。不再是宦官的壬氏原本就已經面有疲色。貓貓所說的話，結果等於是增加壬氏的公務。

「總管累了嗎？」

「有一點，但還不要緊。」

眼睛底下有著濃重的黑眼圈。然而身旁的官員或女官都不會把這當成疲勞，而認為是憂慮。即使臉上帶傷，依然無損這名男子異乎常人的美貌，造成別人誤解他的心思。

（這樣下去會撐不住的。）

疲勞到感覺麻痺的人，會連疲勞都感覺不到。只要壬氏說自己沒事，縱然是高順也無法勸阻他。

（為何不睡一下呢？）

有空閒的話應該在房間裡好好休息，而不是特地跑來這種地方。貓貓用傻眼的表情望著壬氏。

「壬總管要不要歇息一會兒？」

「怎麼突然說這個？」

「小女子立刻去打理寢室，請總管好好睡一覺。」

貓貓盯著壬氏瞧，右頰的傷痕映入眼簾。貓貓差點觀察起漂亮的縫合處，目光不禁低垂下去。她很想仔細端詳阿爹縫合的傷口以及塗在上頭的藥膏。壬氏臉上雖然會留下傷疤，但好得很快，讓貓貓很想觀察痊癒過程。

「妳要孤在這種地方睡覺？」

「總管一個人睡不著嗎？」

貓貓稍微開了個小玩笑。不過人家又不是小孩子，這樣說太過分了。

「說笑罷——」

「沒錯，孤一個人無法入眠。」

貓貓正想收回前言，卻被打斷了。看來這位官人是嫌孤枕難眠。

（原來如此。）

貓貓從藥舖的門口探出頭，呼喚附近一名小丫頭，請小丫頭去把老鴇叫來。

「什麼事？」

貓貓向幹勁缺缺的老鴇說明用意後，她的眼睛在那滿是皺紋的眼皮子底下發光了。

「等我兩刻鐘（半小時）。」

（這麼快就能準備好啊？）

貓貓瞟了莫名充滿幹勁的老鴇一眼，然後替壬氏端上有助於消除疲勞的茶。

「這邊請。」

貓貓說著，帶著壬氏前往綠青館的深處。

她將壬氏帶到綠青館的最高樓層。在這擺滿上等家具什器的房間裡放著一張大床。屋裡焚燒薰染著香料，讓四下瀰漫著甜美芬芳。

「請總管歇息。當差是很重要，但休養也不能少。」

本以為老鴇必定又要獅子大開口，然而嬤嬤似乎有她的想法，把最好的房間免費借給了壬氏。老鴇兩刻鐘就打理好了這個房間，實在有一套。

也許是覺得給貴人留下好印象才是上策吧。

「若要洗熱水澡的話，藥浴已經備下了。這件寢衣請總管使用，不知道穿起來合不合身就是。」

貓貓拿一件柔軟的綿料寢衣給他。

壬氏原本驚訝的表情，逐漸變為和緩的笑容。雖然不再是美若天仙的笑容，但同樣具有能令男男女女痴迷的效用。

「孤去泡個熱水澡。」
壬氏前往鄰接房間的浴堂。由男僕多次往返盛裝熱水的浴池，溫度應該是恰到好處。他們火急燒水搬來，想必費了很大的工夫。
貓貓鬆了一口氣。
待在房間牆角的高順，眉間的皺紋看起來也鬆緩了些。但同時也顯得侷促不安。
「不是讓孤一個人睡吧？」
「是。」
這點貓貓可沒有疏忽。壬氏面露難以言喻的表情打開浴堂門扉的瞬間，當場僵住不動。過了片刻，他猛力關上門快步逼近貓貓，動作莫名地滑稽逗趣。蒙面巾布又戴了起來。
「浴堂裡怎麼會有一群衣不覆體的女子？」
「都是深諳此道之人，不用介意。」
這個大少爺連橘子皮都要老嬤子幫他剝，貓貓不覺得他會一個人入浴。所以她就像皇帝洗浴時那樣為壬氏準備更衣，順便請人來為他按摩。
「……總管討厭按摩嗎？」
「只按摩就結束了嗎？」
他講得意味深長。

「常常不只如此。」

畢竟是服侍客人的行業，只要客人拜託，有些人會追加做些難以啟齒的服侍。這在煙花巷是常識。

「入浴呢？」

「還是算了。」

「換衣服呢？」

「孤自己來。」

說完，壬氏把衣物脫掉，穿起寢衣。

（肌肉很結實呢。）

貓貓只是抱持實際感想，不帶特殊感情。她撿起掉在地上的衣物，摺得整整齊齊之後收進箱籠裡。些微散發的餘香一樣是高雅不俗。

貓貓拿起放在床邊的茶杯與茶壺，倒出茶壺裡的茶湯端給壬氏。

「是安眠藥之類的嗎？」

壬氏把蒙面巾布掀起一半，飲了一口說道。大概是味道怪怪的吧。也許應該先試毒給他看的。

「是滋補強身茶。」

貓貓此話一出，讓壬氏把嘴裡的茶噴了出來。茶噴到貓貓臉上，讓她忍不住半睜著眼看壬氏。

「為什麼要滋補強身？」

「聽說男子身體疲勞時，都需要滋補調理一下。」

「……妳知道妳這話是什麼意思嗎？」

「還能有什麼意思？」

聽貓貓這麼說，壬氏臉上浮現既像尷尬，又像羞赧的表情。這人從剛才就常常在神情中夾雜這種表情。

（看來講得這麼直，似乎是不太好聽。）

縱然對方是男子，被人把這種身體問題直接講出口或許還是會害臊。壬氏還年輕，這方面的事也許沒有外貌看起來老成。真抱歉不該把他看成一年到頭發情的禽獸。

但是從這點來想，壬氏的反應又好像有點不對，不過應該不用想太多。

貓貓對眼神略為低垂的壬氏繼續說道：

「那麼，總管喜歡什麼樣的姑娘呢？」

「啊？」

蠢笨的叫聲傳進耳裡。

貓貓拍了兩下手，從房間深處隨即出現了一共五名滿身珠翠羅綺的姑娘，無不是相貌可愛而稚氣未脫。

「聽水蓮嬤嬤說您喜歡與您年紀相仿的。」

水蓮是壬氏的老嬤子。雖然愛欺負人，但以侍女而論卻是一流人才。

再加上壬氏從以前就常把貞操觀念掛在嘴邊，因此貓貓找來的都是處子之身。而且這樣不用擔心疾病問題。

由於要在綠青館召集這麼多人不容易，貓貓向其他青樓商量，借來了幾人。雖然老鴇直皺眉，但要在短時間內湊到這麼多人不容易。

姑娘們只聽說對方是貴人，都還算樂意為之。她們從蒙面巾布的縫隙一窺壬氏的俊容，無不陶醉地嘆息。

至於這個擲果盈車的貴人，卻一副目瞪口呆的模樣。隔著蒙面巾布都能看出他用一種蠢笨的動作看向貓貓。

而高順在房間牆角豈止是抱住頭，還把額頭貼在牆上靠著。

「沒有您喜歡的姑娘嗎？」

壬氏沒對貓貓的詢問作出反應，倒是眾娼妓聞言，各自開始向壬氏擺出自認為有魅力的動作。

「她們全都是處女，老鴇都檢查過了。」
是怎麼檢查的可想而知。
壬氏繼續用偶人般的生硬動作看向貓貓。
「……總之，孤只想睡覺。讓孤睡吧。」
「這樣啊，那麼您要哪個姑娘……」
「說睡覺就是睡覺！」
貓貓遺憾地垂頭喪氣，請一臉不滿的眾娼妓離開房間。
她走到比她更垂頭喪氣的高順跟前說：
「那麼高侍衛要不要試試？」
一問之下……
「微臣懼內，而且小女有潔癖。」
他如此對貓貓說道。要將娼妓推薦給有婦之夫略有難度。
「妳能體會被女兒說『爹爹好髒，請爹爹最後再入浴』的心情嗎？」
「嗯，我能體會。」
（能體會女兒的心情。）
讓這沉默寡言的隨從一直站著不好意思，於是貓貓請他到舒適的羅漢床上坐下。被褥有多一套，而且房間也空著，但高順一樣堅持不受。貓貓猜想光是讓夫人知道他待在這種地方，可能就要鬧休夫了。

貓貓見壬氏躺下，仔仔細細地替他蓋上被子。就在她也想離開房間時，手臂被抓住了。

「好歹為孤唱首搖籃曲吧。」

「……」

貓貓很想拒絕，但壬氏用一種偶爾會露出的小狗般眼神偷瞄她。況且從剛才到現在貓貓都是白費工夫，沒能幫壬氏消除疲勞，壬氏卻抓著她的手不放。貓貓長嘆一口氣。

「先聲明，小女子唱得不好。」

「無妨。」

貓貓一邊輕拍被子打拍子，一邊開始唱歌。這是娼妓會唱的童謠。

過沒多久，她就聽見了壬氏的細微鼾聲。

壬氏到了傍晚太陽將落時才回去。可能是因為睡過一覺的關係，臉色很紅潤，起床後足足吃了三碗粥。貓貓原本怕他會操勞過度而死，不過既然還有胃口就表示生命無虞，讓她放心了。

反而應該擔心他回去會吃不下晚膳而挨水蓮罵——這樣想也許太愛管閒事了。

貓貓目送戴好蒙面巾布的壬氏坐上馬車離去。這時，她感覺到一股視線。回頭一看，一名打扮輕浮的娼妓憑倚著二樓的欄杆正在抽菸斗。她正是三姬中的白鈴。衣裳半掩半開，露出豐滿的肢體。

「妳也差不多該認命了吧？」

「我不懂妳在說什麼。」

貓貓無視於笑得不懷好意的小姐，回藥舖去了。

四話　火鼠裘

貓貓的藥舖會在綠青館點起燈籠時關門。夜半繼續營業不會有什麼好客人上門，而且她捨不得燈油錢。

她把店舖的收入清點好後，交給老鴇保管。要是把大錢放在貓貓居住的破房子裡，會被強盜盯上。不如繳點錢，請老鴇好好保管。貓貓收好火種與草藥，替狹小的店舖上鎖。

「喂，回家啦——」

「什麼，這麼快喔——」

貓貓抓住耍賴的趙迂後頸，回到破房子裡。這間就位於綠青館後頭的屋子有很多縫隙讓風灌進來，冷得要死。

她用火種點燃用來給爐灶生火的紙，等爐火變大後添些木柴。趙迂似乎覺得冷，裹著被子縮在乾草床上。

貓貓攪拌著爐灶上的鍋子把湯熱過。鍋裡用肉乾煮出高湯，加入從園子裡摘來的蔬菜與葛粉。由於天氣冷，所以又削了點薑進去。

「喂，你不吃嗎？」

「吃——」

趙迂把自己包得像隻毛蟲似的想爬來爬去，貓貓賞他一拳，把被子搶走之後丟了一件棉襖過去。

（應該再添一件冬衣。）

趙迂的扶養費給得很豐厚，但貓貓不打算亂花錢。雖然趙迂滿口怨言，但既然交給貓貓照顧，她打算讓趙迂明白一分耕耘，一分收穫這個道理。

貓貓拿破碗盛湯給趙迂。趙迂在椅子上立起膝蓋喝了湯。

「再多放點肉啦——」

「那你去掙錢啊。」

貓貓喝湯喝得嘶嘶有聲。她沒煮粥，改配麵包吃。貓貓把買來存放的麵包掛在鍋子旁邊加熱，然後從中撕成一半，把乾燒蔬菜塞進去。可能是因為去年莊稼歉收，感覺麵包的味道不是很好。也許是小麥品質差。

「麻子臉——妳又不是賺得少，幹麼不吃得再好一點啊——？」

趙迂抱怨歸抱怨，卻伸手去拿第二個麵包。

「你這傻子，我可是跟那個老太婆租店面耶，你知不知道她收我多少店租啊？」

「那就搬去其他地方嘛──」

「你啊，要到其他地方營生，也是有很多問題的。」

貓貓說著，用麵包吸取剩下的湯汁扔進嘴裡。想再過得奢侈一點不是不行，但貓貓有她不這麼做的理由。

「……明天去給你買衣服，你跟我一塊去。穿現在這些衣服太冷了吧。」

貓貓只丟下這麼一句話，就開始收拾鍋碗。

「好耶！」趙迂張開手腳歡呼，但直接從椅子上摔了下來。可能因為半身有些麻痺的關係，摔下去時姿勢沒調整好，在那兒滿地打滾。

（……）

貓貓一邊冷眼看他打滾，一邊把碗泡進水桶裡。

翌日，貓貓與趙迂上市集去。在把京城分成東西兩半的大街上，每天都會開市。愈往北走，滿街的店鋪就愈大，愈往南走則是級次愈低。由於煙花巷位於京城南邊，因此市集是從連棚子都沒有，只是把商品擺在草蓆上的粗陋攤販開始。

再往小巷走，會看到很多可疑的攤販。可能因為鄰近煙花巷的關係，有不少店家販賣奇怪的藥品。當然貓貓身為藥師不會上當，擺攤人也不會把她當成客人招攬。只有那些逛不慣窯子的男子才會成為冤大頭。
貓貓一邊一如平常地抓住亂跑亂跳的趙迂後頸，一邊前往京城中央。俗話說貪小失大。攤子上賣的棉襖是很便宜，但布料粗糙。那種衣服讓這皮小子穿著到處亂跑，恐怕沒多久就會破掉了。就算多少貴一點，有店面的店家賣的商品比較令人放心。因為他們是在當地扎根做生意，很重視信用問題。
貓貓在櫛比鱗次的店舖當中，走進了常去的一家店。這家是作庶民生意的衣裳舖，同時也有賣舊衣服。她鑽過遮簾走進店內，只見天花板上掛著衣服。店老闆在後頭縫補衣物，放在旁邊的火盆發出木炭爆開的嗶剝聲。火盆用東西圍著，以免火花飛到衣服上。
「啊──舊衣服喔──」
「不要奢求太多啦。」
趙迂還小，今後會不斷長大。能夠迅速購買更換的衣服比較划算。
就在貓貓看看有沒有小孩子穿的棉襖時，無意間看到了一件衣物。
「這是什麼？」
趙迂眼尖地跑來。那是掛在牆上的衣裳，是一件長襖裙。上下衣裳都是白的，顯得太素了點。看起來有點像是邊疆民族的服飾，散發出一種不可思議的氛圍。衣袖上繡有藤蔓般的花紋，吸引了貓貓的目光。

（這是……）

「看起來好寒酸喔。」

心直口快的死小鬼把心裡的想法說出來。貓貓顧慮到店裡老闆在聽，敲了一下他的腦袋，然而傳來的卻是笑聲。

「哈哈！你說那衣裳寒酸啊？」

「本來就是啊。給姑娘家穿的衣裳，應該會用更華麗的色彩才對。」

「你說得對。」

店主把針刺在針包上，一邊揉揉僵硬的肩膀一邊走向他們。然後他瞇起眼睛，看著那件衣裳。

「這個啊，是天女穿過的衣服。」

「天女？」

趙迂興味盎然地探身向前。可能因為身體有部分麻痺，一直站著會累，他不知道什麼時候坐到了櫃子上去。

貓貓拿他沒轍，繼續在店裡挑衣服。這個老闆總是這樣向客人搭訕以消磨時光。講的話不知道有幾分真假。只是她記得養父羅門常常被老闆拉住，浪費掉半天工作的時辰。

（趕快挑一挑回家吧。）

幸好趙迂聽老闆講話聽得入迷，就趁現在趕快選好吧。然而店裡就這麼點地方，就算不想聽也會聽見老闆說的故事。

○●○

這樣說吧，其實這件衣裳是來自西方的物品。

傳說在西方的某個村子，有個村人救了迷路的姑娘。姑娘貌美如花，村人不禁愛上了那個姑娘。

這姑娘很不可思議，擁有白皙的肌膚與金黃色的頭髮。而且姑娘紡的紗跟其他任何線紗都不一樣，她用這種紗織了好幾件衣服向村人報恩。這種繡有神奇花紋的衣服，可以賣到高出其他紡織品幾倍的價錢。

姑娘一再重申希望能回到故鄉，但她連自己住在哪兒都不知道。她似乎是來自遙遠異國的大戶千金。村人一再向姑娘求婚，最後姑娘終於接受了。

可是時機不巧。正好就在這時候，姑娘的家人來村子找她了。看髮色與膚色相近就知道了。村人好不容易才得到姑娘，不願意放手。他把姑娘藏起來，全村上下都堅稱不知。

姑娘的家人雖暫時回去了，但似乎起了疑心。所以村人決定早早完婚，讓姑娘成為自己的娘子。一旦結了婚，跟以前的家人就恩斷義絕了。

姑娘拒絕了，但村人不予理會。他逼迫姑娘在村裡的池塘沐浴淨身，想早早成婚行禮。姑娘哭著沐浴過，僅有的心願就是穿上姑娘自己縫製的家鄉嫁衣。

姑娘不知道有多麼悲傷。即使換上嫁衣仍然淚如雨下，弄溼了一身衣裳。在旁人的祝福下，姑娘為了與村人結為夫妻而登上祭壇。然而，姑娘似乎還是無法將家人忘懷。

她懇求村人讓她回到家人身邊。

姑娘見村人依然不允，於是當場拿起油潑了一身，接著用火把往自己身上點火。熊熊燃燒的姑娘跑過驚惶的村民之間，然後消失在池塘裡。

池塘裡只剩下一塊布，正是姑娘蓋在頭上的那塊紗。渾身起火的姑娘不見蹤影，村人心想她也許是回到天上了。姑娘的家人也就此下落不明，大家都相信是跟姑娘一同消逝在天邊了。

○●○

「而這個啊，就是天女織的衣裳。」

「哦——」

趙迂大為驚嘆。之前還說衣服寒酸，現在看它的眼神簡直像在賞玩寶玉一樣。

貓貓拿起幾件適合的棉襖，放在趙迂背上比比。雖然不中意顏色，但大小正好。

「欸，麻子臉。這件衣服太神奇了，不如買下來吧？」

趙迂兩眼發亮地說。

「說得也是，小姑娘跟天女的年紀應該差不多。看在這個份上就算妳便宜點吧。」

嘴上這樣講，打的算盤卻多出一個零。貓貓差點沒嗤之以鼻。

（還天女哩，我可是不花一毛錢就看到本尊了。）

稍稍破相的天上神仙會定期造訪綠青館。

「喂喂，妳不信天女傳說啊？真是沒情調。」

店老闆雙手一攤，無奈地搖頭。

（我才覺得無奈呢。）

講到消失於水中的天女，貓貓也見過一次。雖然那個月精成了落湯雞，還說下不為例，不過那次著實夠精彩的。貓貓回想起來，忍不住發笑。

世上有著許多不可思議的事，但是這些事情必有起因。世人大概只是因為不解其因，才會說是詛咒或仙術，有時還用鬼怪之說來解惑。

貓貓瞇起眼睛，看了一下這件所謂天女紡織的衣服。

「可以讓我摸摸看嗎？」

「可以，但別弄髒了。」

貓貓檢查衣物的觸感，凝視著袖子的花紋，然後咧嘴一笑。

「老闆，照你開的價，這衣服賣得出去嗎？」

「……妳……妳在說什麼啊。當然賣得出去了。」

說是這樣說，他卻試著把衣服推銷給貓貓。若真是天女的衣裳，價錢應該會再多一個零才是。

「我說啊，老闆，假如我用比這高出十倍的價錢把它賣了，你怎麼辦？」

「妳說十倍？哈哈，若真賣得掉就太好了。妳手上拿著的衣服，我免費送妳。」

老闆半開玩笑地說。

「哦哦，這樣啊？趙迂，老闆的話聽見沒？」

「聽見了，可是哪有辦法用十倍價錢賣出去啊？麻子臉妳胡說什麼啊？」

連趙迂講話口氣都把貓貓當笨蛋。貓貓歪著嘴唇，用鐵筷子夾起了火盆裡的木炭。

「老闆，這件衣服跟木炭借我一用。」

「喂！妳要幹麼啊！」

貓貓從懷裡掏出荷包，重重擺到了櫃子上。這是她手頭所有的錢，應該夠買這一件衣服了。店老闆看到錢就不再說話，貓貓沒理他，拿著衣服與木炭走出店舖，然後把衣服丟到了路上。

「喂，幹麼啊！」

店主擰眉瞪眼地說，但貓貓不理會他。然後她筷子一鬆，讓夾著的木炭掉到衣服上。

「麻子臉——有點熱耶——」

穿上好幾件棉襖的趙迂說。一次穿太多件，把他整個人弄得活像不倒翁。

「那就脫掉啊。」

是趙迂自己懶得拿才穿在身上的。貓貓右手拿著新衣服，雖然喜歡色彩再沉穩一點的衣服，不過免錢的東西她無意挑剔。只要大小合身就不錯了。

「我說啊，麻子臉。為什麼那件衣服沒有著火？」

趙迂偏著頭說。

老闆說那玩意是天女的衣裳，貓貓忍不住嗤之以鼻。比起這個名稱，明明就有個更好的稱呼。

貓貓宣稱那叫火鼠裘。不過其實貓貓只是如此對店老闆耳語，負責叫賣的是老闆——

衣服上放著燒紅的木炭，卻沒有著火。豈止如此，連個焦痕都沒有。路過的人想必都覺得稀奇古怪吧。號稱是天女的衣裳，眾人也就信了。

「趙迂，你知道衣服是用什麼做的嗎？」

「妳是說綿絮或麻布嗎？我聽說大多是用草木做的，再來就是蟲子。」

「剛才那件衣服啊，是用石頭做的。」

趙迂的表情劇變到有趣的地步，他蠢笨地張大了嘴。

「妳說石頭，就是那些小石頭嗎！用那能做衣服？」

「石頭可是有很多形狀的。」

纖維狀的石頭可以織成布料。雖然珍奇，但自古就有此種技術，稱為火浣布。這樣叫它有點平淡無奇，因此貓貓借用了東方島國使用的名稱。

「因為是石頭，所以不會燃燒。」

然而親眼目睹的人會怎麼想呢？即使知道有火浣布這種東西，大多數人應該都是初次看到。再加上東西稀有，就算稍稍哄抬售價一下，還是會有好事家買下。

就這樣，貓貓免費得到了衣服。

「哦，原來是這樣啊。那天女的故事呢？」

「那個啊——」

大概半真半假吧。

貓貓對衣裳袖口的刺繡有印象，就是阿爹羅門常寫的異國文字。只要把字體寫得潦草一點，看起來就像藤蔓花紋一樣。

喚作天女的姑娘，應該是來自那些地區的人。既然說是金髮且膚色白皙，說不定混入了北方血統。

偏鄉地方的村落長年近親通婚，會讓孩子身體孱弱，因此會想得到外來的血統。不知道是真的迷路，還是被擄去了。總之得到這樣的姑娘，他們一定不願放手。

姑娘一心想回爹娘身邊，於是縫製了衣裳。她用少見的石棉當原料，又繡上村人看不懂的文字當成花紋，藉此偷偷向同鄉之人求救。

在舉行婚禮之際，姑娘想必是在石棉衣底下穿了溼褻衣，並把頭髮也打溼，包上頭紗作掩飾。

「你知道嗎？有種方法可以讓木頭器皿點火也燒不起來。」

就是在器皿裡盛水。這樣在水完全燒乾之前，木頭器皿都不會起火燃燒。只要還有水，器皿就會保持在一定的溫度以下；在這種溫度之下，木頭不會燃燒。

姑娘在溼褻衣外面穿上石棉衣後，再穿上易燃的衣裳。然後只需在燒傷之前跳進湖裡就行了。

只要在衣裳花紋中記載逃跑的方法，之後想必會有人來救走姑娘。當然，這樣做不保證能成功。不過就店老闆的故事聽起來，應該是成功了。

就某種意義來說，跟去年宴請使節時的狀況一樣。

「真不得了。」

趙迁繼續擺出一臉蠢相大表讚嘆。

「妳怎麼沒把這些解釋給店老闆聽？」

「不是說要講究情調嗎？」

聽到貓貓說不用這樣破壞人家的幻想，趙迂一臉傻眼地笑了。

其實還有一點可以補充，這件事就不用告訴趙迂了。除了衣袖花紋之外，衣裳內側還有精細的刺繡。

（是西方或北方的異國姑娘吧。）

一般姑娘家能有膽量往身上點火，到處狂奔嗎？換作是貓貓才不要。

而且姑娘會讀書寫字，又知道石棉是何物。這種人會在外國四處晃蕩嗎？就算想成江湖藝人，也未免太多巧合了。

（搞不好是細作還是什麼的。）

西方比起其他地方，更常與外國發生小衝突。雖然有此可能性，不過若真是如此，這細作也太粗心了。

貓貓一邊對無聊的想像露出譏嘲的笑容，一邊踏上歸途。

五話　若沒有麵包

「喂，開藥舖的！你快來啊！」

一個削瘦的男子慌張失措地敲打破房子的門。貓貓滿臉不悅地慢慢爬出被窩，不耐煩地打開了入口的小窗。

外頭有個不修邊幅的中年男子，一副就是沒錢的樣子。貓貓決定假裝沒看見，想要關上小窗。

「喂，有沒有聽見啊！」

（麻煩死了。）

貓貓不想理會。幹麼一定要跑來貓貓的藥舖？反正一定又是養父以前隨便亂施恩吧。所以才會老是拿不到藥錢。

「平常那個老頭呢？」

「不在，出去掙錢了。」

「什麼？少跟我來這套！」

男子憤怒地用力捶打破屋子的門，貓貓冷眼回瞪著他，忍不住嘖了一聲。

「妳分明是開藥舖的，卻連藥都給不出來嗎！」

「對，我是開藥舖的。既然是店舖就要收錢。」

只要對方付錢，要貓貓看病好談。但是這個男的從一開始就沒有誠意。

「我這麼窮，妳還想跟我收錢！」

「沒錢就別來。就是因為一堆像你這樣的人上門，我才會住這種破屋子。」

貓貓也拍打門板威嚇對方。趙迂躲在她後面，手上拿著鍋子與勺子，準備一有狀況就敲打個鑼鼓喧天。他雖然臭屁，腦袋卻不笨。只要一吵鬧，綠青館總會有人來幫忙。

「……」

男子閉嘴了。貓貓很討厭這種人，把人家施恩給他當成理所當然，愈來愈得寸進尺。看貓貓不打算退讓，中年男子髒兮兮的臉孔扭曲了，無力地靠在門上。

「錢我總有一天會付的，絕對會付。所以，拜託，幫我孩子看病……我家孩子……」

明明再怎麼哭哭啼啼也不可愛，男子卻低垂著頭不肯動。

（這樣會害我出不去。）

「喂，麻子臉……」

趙迂拿著鍋子看向貓貓。

（現在是怎樣啦。）

貓貓一肚子氣地拿起桌上的毛筆，插進墨瓶裡。她打開粗糙櫃子的抽屜，裡面擺放著整疊紙張與木簡。貓貓拿起一片木簡，用毛筆在上頭飛快地寫字。

貓貓把木簡丟給男子。

「自己的名字會不會寫？」

「……不會。」

「我想也是。」

貓貓說完，把小刀丟給男子。

「拇指就夠了，捺指印吧。」

男子瞇起眼睛看著木簡，但應該看不懂上面寫什麼。

「這寫的是什麼？」

「答應付藥錢的字據。」

男子不情不願地把小刀按在拇指指腹上，用血在木簡上捺印。

「總覺得好惡毒喔。」

趙迂在背後小聲說道，貓貓用腳踢他一下。

「這樣就行了嗎？」

男子邊舔傷口邊把木簡交給貓貓。

「拿你沒辦法。」

貓貓露出惡棍般的笑臉，拿掉了頂門棍。

男子將貓貓帶到煙花巷附近的暗巷。幾個衣服滿是汙垢的削瘦男子看向貓貓。一位中年男子察覺，威嚇了他們一陣。

（也許該多帶一個人來的。）

貓貓覺得隨便跟去太不謹慎，於是請右叫跟著一起來。這個大叔雖然年紀稍嫌大了點，但不愧是男僕領班，很習慣面對暴力。

「沒事怎麼跑這種地方來？」

「是很麻煩沒錯，但沒辦法啊。」

「……講來講去，妳跟妳阿爹其實也滿像的。」

右叫說完，抓住貓貓的頭亂揉一通，貓貓揮開他的手。

「就是這兒。」

男子走進只掛了簾子代替門的破房子。霎時間一股酸臭撲鼻而來，除了汗臭味、汙垢與代謝廢物之外，還混雜了排泄物的臭味。

在一塊看不出是骯髒草堆還是草蓆的東西上，躺著一個年紀與趙迂相差無幾的小孩。旁邊有個比小孩稍微年長的孩子，用毫無生氣的眼神看著中年人。這姑娘雖然比貓貓小一點，卻沒有應有的年輕活力。

「爹。」

可能是眼淚都哭乾了，姑娘表情毫無生趣地看著中年人。

「喂，拜託，給孩子看病吧！」

「……」

貓貓悄悄看了病榻上的小孩一眼。手腳色澤暗沉，身體不時痙攣，可能是大小便失禁了才會有排泄物的臭味。小孩頭髮散亂到男女不分，滿頭垢汙。

「這樣子多久了？」

「幾天前就是這樣了。但是從更早之前，就說覺得手不舒服。」

年長的孩子說道。

貓貓用手巾包住自己的手，再把嘴邊也遮起來，然後才靠近小孩。

「喂，妳這是幹什麼！」

中年人語氣惱火地說。

「怎樣？這傢伙不是生病了嗎？要是傳染給我，誰來看病？要不然不看拉倒啊。」

貓貓一瞪回去，男子把差點舉起的手放下了。男子把手放下的同時，背後的右叫也雙臂抱胸。假如男子動手，右叫想必會把這名男子的關節打斷。

（真是保護過度。）

貓貓碰觸小孩的手。血液不循環，沒有流到指尖，使得手指就像凍傷一樣幾近壞死。雖然這破屋子的確有很多隙縫漏風，但有可能冷到凍傷嗎？

再說，小孩似乎身體麻痺了。瞳孔大張，不時像在作白日夢一般發出怪聲。

「比早上情況更糟了，怎麼辦啊，爹？會變得跟娘一樣的。」

看到孩子快要哭出來，作父親的似乎不知該如何是好。他把頭亂抓一通，蹲到地上。

「拜託，救救我這孩子吧。要是再少一個家人，我就不知道該怎麼辦了！」

男子跟孩子一起下跪，把額頭貼在沒鋪地板的地上磨蹭。

（不知道該怎麼辦，是吧？）

「孩子的娘也是這樣死的嗎？」

「不，她是因為流產——」

「流產？」

貓貓看看小孩淌著口水的嘴巴。嘴邊沾有黏稠的東西。

「你們餵他吃過什麼嗎？」

「一點粥……」

貓貓聞言，看看骯髒的爐灶。在燒黑的陶鍋裡裝有漿糊般的粥。鍋裡粒米難尋，放了各種東西增加份量。

「喂，這裡頭加了什麼？」

除了米之外，還能看到像是薯類與雜草的東西。另外好像還混入了些雜糧。

年長姑娘搖搖晃晃地走出家門外，然後拿著雜草回來。這種草沒有毒性，但也沒有營養，是在鬧飢荒時用來充飢的草。

「不是這個。」

貓貓問其他還加了什麼，姑娘悄悄別開了視線。

「沒有了嗎？」

貓貓再追問一次，姑娘才好像死了心般打開了櫥櫃最裡頭的部分。

姑娘從中拿出了一種烘焙點心，幾片點心仔細用布包好。雖然不到後宮嬪妃賞賜的那麼精美，但仍散發出甜香。有點受潮了，可見應該是珍惜著吃。

「這是什麼……」

作父親的似乎是初次看到，睜圓了眼。

「人家給的，說是沒東西吃的時候可以省著吃。我拿給娘看，她叫我別跟你說。」

可能是家人有事瞞著自己造成了打擊，男子臉孔抽搐。

「為什麼要瞞著我！我可是一家之主啊！」

面對作威作福的父親，毫無生氣的女兒眼神略為激動起來。

「因為爹你都不幹活，只會賭博。還讓我們到路旁乞討，拿去作你的賭本！」

女兒給父親臨門一腳。從中年人顯而易見地垂頭喪氣的樣子來看，果真是個沒用的東西。還以為是疼愛孩子的父親，原來是怕收入減少。

「這個妳也餵他吃了？」

被貓貓一問，姑娘點了點頭。貓貓用指尖捻起烘焙點心，抽動鼻子聞味道，然後用手沾起粉末舔舔看。

「……妳說這是人家給的對吧？」

貓貓瞇起眼睛。味道是甜的，嚐得出來有放砂糖。拿加了砂糖的東西施捨給乞丐，未免太慷慨了。

「誰給妳的？什麼時候給的？」

「不知道，是妹妹拿到的，這丫頭不會說話。那時娘還沒死，我想大概一個月前吧。」

放了砂糖的烘焙點心，對貧民來說太奢侈了。假如拿到這樣的東西，應該會趁著沒被人搶走之前吃掉。

「妳知不知道還有誰拿到這個？」

對於這個問題，姑娘搖搖頭。

「那麼，一個月前有沒有人出現跟這孩子一樣的症狀？」

「這倒是有。」

姑娘說住在後面的一個老頭就是。

看到右叫反應靈敏地準備動身，貓貓轉而面對小孩。她拿掉包住雙手與嘴巴的手巾，把小孩抱起來。

「喂，妳想對她做什麼！」

「帶她回去。在這種臭氣沖天的地方，能治好的病也會治不好。還有，把那烘焙點心扔了。」

最重要的是，待在這裡連像樣的飯都吃不到。再說，有一件事令貓貓掛心。

「我幫妳抱。」

「麻煩你了。」

貓貓將小孩交給回來的右叫，就離開了破屋子。

「隔壁的老頭，手指都潰爛脫落了。」

右叫揹著小孩說。右叫看隔壁的老頭在路邊乞討，於是上前攀談。他說本來老頭還裝傻，但給點小錢就馬上開口了。

「好像是個女子給他的，說是沒看到長相。」

「嗯──」

總感覺事有蹊蹺。

右叫把貓貓送回家後，就速速回綠青館去了，大概是接下來還有差事。貓貓本想付錢給他，但他說「我習慣照顧小孩了」不肯收錢。他還是老樣子。

貓貓把蓬頭垢面的小孩帶進破房子。看家的趙迂靠過來，誇張地捏鼻。

「這傢伙是啥啊？好髒喔。」

「嫌髒就去燒水。還有這個給你，去跟老太婆要點白米。」

貓貓拿錢給趙迂後，他順從地往綠青館去了。一想到能吃到白米就變得很聽話。

小孩之所以會病情惡化，想必是因為吃了那烘焙點心。這孩子的姊姊自己不吃，都留給妹妹吃了；母親則可能是有孕在身，一時忍不住就吃了。

貓貓看看架子上的東西。由於在煙花巷賣藥的關係，店裡準備了各種墮胎藥。裡面有很多一旦弄錯份量就會致命的種類。

其中有一種，會引發與這小孩相同的症狀。這是一種粗糙麥子裡的毒素，即使只有少量也會引發中毒症狀，使人手腳血液不循環，不及早醫治將會導致肢端壞死。有時還會讓身體麻痺，看見幻覺。

治療方法很簡單，不要吃進那種毒素，然後適度運動即可。不巧的是以這孩子來說，繼續留在那裡的話，還沒康復就會衰弱而死了。所以貓貓才會帶她回來。

（有必要做這麼多嗎？）

她不認為那個中年人會好好賺錢還債。就算要賺錢，八成也只會叫那個大女兒去乞討。

貓貓一面心想「搞半天還是弄了個包袱來」，一面開始翻出所有乾淨的手巾。

數日後，中年人沒來貓貓的破房子，倒是他女兒來了。女兒全身上下青一塊紫一塊，怎麼想都不是摔倒撞到的。

至於她妹妹，已經恢復到能夠搖搖晃晃地走路的程度。畢竟原本最嚴重的問題就不是中毒，而是營養失調。雖然指尖似乎還有點麻痺感，但遲早會好。昨天小女娃終於可以洗澡，讓貓貓鬆了口氣。

現在當起人家大哥的趙迂正帶著她去散步。

「錢帶來了沒？」

貓貓視線冰冷地看著髒兮兮的姑娘。

「我妹妹呢？」
「妳看。」
在簡陋的窗戶外頭，趙迂正拉著腳步不穩的小女娃走路。貓貓幫她洗頭髮，梳整齊之後綰起，這才終於有點小姑娘的樣子。
姊姊見狀正想追上去，但貓貓抓住了她的手。
「錢呢？」
「沒錢……」
會有才怪，看那個糟老頭沒來就可想而知了。所以貓貓才會逼他寫下這個。
貓貓在姑娘眼前晃晃手裡的木簡。
「沒錢沒關係，我把那娃兒賣掉就是了。」
貓貓用拇指指了指步履蹣跚的小姑娘。
「現在開始訓練還來得及。」
「……」
姑娘一瞬間無言了。然後，她的視線緩緩與貓貓對上。
（嗯？）
貓貓本以為她會哭著求饒。她那半死不活的黯淡眼神中，蘊藏著陰晦的火光。

「……比起不會說話的妹妹，我比較值錢。」

姑娘用力拍了一下單薄的胸脯。那胸脯比瘦小的貓貓更乾瘦。

貓貓瞇起眼睛。

「妳要代替她？妳知道這是什麼意思嗎？」

貓貓靠著牆壁，用腳尖給小腿搔癢。

「我知道！可是繼續這樣下去，我永遠是個乞丐，而且遲早會被逼著當暗娼！只能每天餓肚子，賺來的一點點錢都被爹搶走！」

她跺著腳說與其這樣，倒不如自己先去當妓女。

比起最底層的生活，綠青館的娼妓日子優渥多了。甚至有些姑娘會因此而有所誤解，自己去敲綠青館的大門。

姑娘大概是知道貓貓與綠青館關係匪淺，打算請她說好話吧。姑娘似乎從一開始就有此打算。

貓貓對姑娘品頭論足一番後，長嘆了一口氣。

「妳以為自己有那價值嗎？看妳這德性，鄉下農家女都還比妳值錢哩。」

「我妹妹還不是一樣！她還是個啞巴呢！」

「哦，那是因為妳妹妹還小，現在開始調教的話學得快。況且，有不少男人還喜歡沉默寡言的呢。」

貓貓像個惡棍般口出惡言。然而，姑娘繼續看著貓貓。她沒別開目光，眼中蘊藏的光芒愈漸增強。

「就算是這樣，我還是得脫離現況，否則一輩子這樣下去，我會永無翻身之日。我死都不要那樣！」

貓貓邊聽邊用小指頭掏耳朵。

這種事情她看多了。這種人會在泥淖中死命掙扎，愈是掙扎就陷得愈深。但是比不事努力而自甘墮落好多了。比起天真地以為有人會來解救自己，貓貓比較喜歡自己試著掙扎脫困的人。

但是，貓貓沒有義務幫她。不過也沒有理由阻止她。

「那家青樓的嬤嬤，是京城第一守財奴。她只要覺得妳不值錢就不會買妳，就算看上了妳，頂多也只會賤價收購。」

姑娘繼續盯著貓貓瞧。

「妳兩手空空地跑去看看，我保證她會讓妳逃不掉。妳要是敢逃，就要有一兩根肋骨被打斷的心理準備。」

「這有什麼……比起被爹打斷手臂，這根本沒什麼！我受夠陰溝老鼠般的生活了！」

「妳妹妹怎麼辦？」

「只要知道我能賺錢，嬤嬤會願意照顧我妹妹的！我會賣力幹活到讓她答應！」

青樓講究實力。只要會賺錢，老鴇的確會照顧她們倆。

「……要是派不上用場的話，妳們都得當陰溝老鼠了。」

貓貓板著一張臉，走到裝衣服的箱籠前面。然後她在裡面翻了翻，隨便拿起一件，就是日前舊衣舖送她的那一件。貓貓把這件略嫌花俏的衣服扔給髒丫頭。

「去水井洗一洗，就算再冷也得連頭髮都洗。若是一身跳蚤跑去，還沒進門就會被她拿掃帚追著打了。」

姑娘緊緊抓住衣服後，往水井那邊去了。

今後這個姑娘會怎麼樣，跟貓貓無關。這是她自己選擇走上的路，要是後悔的話，就自己沉進汙泥裡永世不得翻身吧。

六話　最後一本

高順的兒子馬閃帶著幾本圖鑑來敲藥舖的門。貓貓拿個坐扁的坐墊給還是一樣擺張臭臉的青年，替他倒茶。

「壬總管公務繁忙。」

馬閃大概是想說他沒空過來。

之所以還用壬總管這個宦官稱呼，除了作為化名之外，最主要恐怕是因為不能道出本名。至尊至貴的名諱不能在市井小民面前隨口說出。

看到平素那個美男子與隨從以外的客人到來，綠青館的娼妓眼睛都炯炯有神；特別是老鴇雖然佯裝不在意，但看得出來腦袋裡在打算盤。

不同於壬氏來訪的時候，藥舖的門是開的，可以清楚看見裡頭的情形。這是馬閃的一點顧慮，以免外人誤會兩人有不可告人的關係。

「這是妳要的東西。」

馬閃從布包裡拿出厚厚的書遞給貓貓。貓貓看過這些從布包裡拿出的圖鑑。眼前擺著鳥類、魚類、昆蟲與植物的圖鑑，貓貓拿起昆蟲圖鑑。

貓貓基本上只對能當成生藥材的東西有興趣。她逐字逐句地讀過了植物圖鑑，但昆蟲圖鑑只有隨便翻閱兩下。

（好像沒看到過。）

左膳說前任藥師研究過蝗蟲，所以應該有。但是，卻遍尋不著。無論重看幾次就是找不到，最後連馬閃都開始翻閱起來。

「……沒有？」

「沒有呢。」

「妳上次不是說有嗎？」

這樣說她也沒用，沒有就是沒有。這是怎麼回事？難道是被左膳騙了？不，說謊騙人對那個男的並沒有好處。

「這本圖鑑在收藏起來時，有沒有曾經被誰拿走過呢？」

這樣一來，就得懷疑扣押東西的武官了，不過……

「誰會對這種東西感興趣？」

「喜歡的人就是喜歡。」

不過，這的確不太可能。假如要特地在那裡偷東西，照理說應該有明顯更值錢的東西可偷才是。

正在沉吟時，貓貓注意到有個人影往藥鋪這兒走來。那人步履輕盈曼妙有如柳枝，卻有著豐豔的體態，原來是白鈴小姐。

（……）

貓貓臉孔扭曲。在白鈴背後可以看見絲毫無意阻止的老鴇。看來她已經把馬閃上下估量完畢了。

白鈴小姐是個性情豪放的娼妓。她在綠青館雖是最年長的娼妓，但美貌不見衰退，至今仍能迷倒眾多官員士子，笨狗武官李白就是個好例子。至於舞蹈方面，她可是眾人口中的京城第一舞伶。而且她總是善待年輕娼妓或小丫頭，是大家的好姊姊，只可惜——

即使是這樣的她也不免有缺點。

白鈴不動聲色地現身，站到了馬閃背後，然後用她那細心保養的春蔥指尖滑過馬閃的臉頰。

「！」

馬閃渾身一顫，維持著坐姿從地板上蹦了起來。雖然看不太清楚，但他的確表演了坐著彈跳的精湛才藝。

「小姐……」

「啊，對不起，我看你肩膀上有灰塵。」

騙人，絕對是在騙人。撢灰塵幹麼需要摸臉頰？

她那風情萬種的一舉一動，都散發出女子的魅力。眼睛像是婀娜含笑，貓貓卻覺得那看起來像肉食野獸的眼神。

這數日來，小姐都在磨茶，也就是沒有客人的狀態。並不是因為不紅，而是身為名妓，每日接客反倒不光彩。

換言之，該怎麼說才好呢？這位花魁娘子對此似乎心有不滿，或者該說欲求不滿。

「這……這是做什麼！」

「哎呀，還沒撢掉呢。來，我幫官人拍拍，官人別動。」

馬閃在狹小的藥舖裡後退，白鈴窮追不捨。

貓貓趁馬閃還沒靠過來之前把藥研或乳缽放到架子上，以免被他打翻。茶杯與茶點則放在托盤上，用手端著。

（第一次會有特別服務。）

馬閃的臉分不清是紅是青。貓貓穿起鞋子，吃著手裡護著的茶點，心想李白如果這時過來一定很有看頭。端出的茶點比壬氏來訪時低一個等級，很像是老鴇的作風。即使如此也算是上等貨了，散發微微蝦香的薄燒煎餅很合貓貓的胃口。

（看那樣子肯定是童男。）

貓貓老早就隱約如此覺得，這下更是確定了。她一邊心想「果不其然」，一邊靠著牆壁再吃一片煎餅，和著茶嚥下。

小丫頭羨慕地看著，但貓貓不好當著老鴇的面給她們吃。不得已，貓貓決定就吃到這裡，把剩下的留下來。

「夠了！我要回去了。總之東西我已經送到了！」

馬閃拖著險些沒被解開的衣帶，離開了藥舖。貓貓不知道該不該提醒他，兜襠布都從袴裡露出來了。

「啊啊……」

白鈴依依不捨地坐到地上。

「難得的童男跑了……」

看來果然是童男。白鈴若不是有這種毛病，其實真的是個好大姊。總覺得狀況好像一年比一年嚴重。

「可惜了，只要嚐過一次就能沉浸在極樂世界中出不來啊。」

老鴇也不甘心地說。

（我看是地獄吧？）

貓貓心想，這下得請李白早日存夠錢贖走小姐才行，免得趙迂長大後哪天也被吃掉。

左膳在門前灑掃。

本事還沒強悍到能當男僕時，都是像這樣被叫來幹些與小丫頭無異的活。這是男僕領班右叫的作風。假如甘於這種雜務就表示當不了有用的男僕，沒多久就會叫他走人；不服氣而試著學做其他差事的人，右叫才會認真提拔他。

左膳那副邊哼歌邊掃地的模樣，怎麼看都像是會被解僱的類型。

「喂。」

「嗯？」

左膳換掉髒兮兮的衣著，鬍子也剃了，讓他看起來年輕了些。

「書送到了。」

說著，貓貓把方才馬閃帶來的書拿給他看。她把用布包起的書放下，發出「砰」一聲。

「這跟你講的不一樣。」

連同左膳手邊的算進去共有十四本，但沒有一本寫到蝗蟲的事。貓貓待在那個研究房的時候也的確有十四本圖鑑，所以數量應該沒錯。

「不，這是不可能的啊。」

左膳扯掉包書布，確認內容物。他瞇起眼睛盯著瞧，「嗯！」臉色一沉。
「喂，這些不是全部喔。」
「那個房間裡就這幾本了啊。」
貓貓不至於連數字都數錯。
「不對，這本書……」
左膳拿起畫著昆蟲的書。昆蟲圖鑑有兩本，都並未記述關於蝗蟲的事。集數寫著「壹」與「貳」。
「昆蟲圖鑑應該有三本才對。」
「……搞什麼嘛。」
這表示書打從一開始就不在那個房間裡。至少在貓貓到那裡時，書已經被某人帶走了。
「要命——到底是誰啊，竟然會去拿那種東西。」
「不就是你嗎？」
「不，我不是這個意思。老先生還在的時候，書分明就在那兒啊。」
他說的老先生，想必是被逐出後宮的醫官了。記得聽人家說過，那位醫官以前在進行長生不死的研究。
「會不會是進了老先生的棺材啊……」

「幹麼要那樣做？」

「我的故鄉有這種習俗啦。」

貓貓對左膳的故鄉才不感興趣。不過，她對左膳所說的老先生倒是有興趣。

「說到這個，那老先生是怎麼死的？」

也許是老死的。如果還活著就有阿爹那個年紀了，所以並不奇怪。既然說在西方留學過，搞不好兩人還認識。

「這個嘛，好像是作實驗失敗喔。」

「失敗？」

「既然要作不死藥，當然得實際試試吧？」

（這不就表示……）

有件事一直讓貓貓感到不可思議。就是包括趙迂在內，用在孩子們身上的那種反魂藥。

雖然結果導致趙迂半身麻痺，但是能讓人死後復生的藥本來就不容易成功。貓貓認為只能反覆實際試驗，慢慢提昇成功機率。

那麼，那些人是用什麼作了實驗？用過老鼠，但為了得知更正確的結果，最後還是得拿人來試。

「喂，怎麼啦？」

左膳的臉孔在抽搐。一開始貓貓還不解原因，但很快就明白了。貓貓的嘴角歪扭到超乎平素的程度，笑得像是心懷鬼胎。

「我問你，老先生的遺體扔去哪裡了？」

「我哪知道啊。那類事情大多都是她在處理的。」

「她是誰？」

左膳輕輕抓抓頭。

「我說翠苓姑娘的話妳知道嗎？她當過老先生的幫手，是個面無表情的姑娘……大家都說她是小姐的……呃呃，異母姊姊啦。」

「！」

貓貓忍不住用力拍了一下左膳的背。自己怎麼會沒發現呢？就是子字一族的遺孤兼先帝的外孫女，子翠的異母姊姊啊。

「好痛！妳幹麼啊。」

「知道了，掃地別偷懶啊。」

貓貓用布重新把書包好，然後趕緊回到藥舖準備寫信。

貓貓寫好信後請男僕傳遞，很快就送到了。如果想直接送給壬氏，中間必須經過很多程序，因此她大多是送給高順或馬閃。但是馬閃有很多地方比較粗心，因此她幾乎都是寄給高順。

對方做事很快，隔日早上回信就送來了。然後立刻來了一輛馬車把貓貓接走，為的是前往翠苓安身的地方。記得聽說過，她現在人在前四夫人之一阿多的身邊。

貓貓把所有圖鑑交給到來的隨從，然後關上了藥鋪的門。

「好好喔——妳要出門啊？」

趙迂興味盎然地扯住貓貓的衣袖。貓貓蹙額顰眉。

「帶我一起去嘛——」

「不行。」

阿多身邊不只有翠苓，還有子字一族的孩子們。都特地分開撫養，要是帶他過去就本末倒置了。

「妳怎麼這樣啊，小氣鬼！」

「我是去辦公事的，你把店門口打掃好要緊。」

貓貓輕輕拍兩下趙迂的頭，把他交給待在一旁的右叫照顧。喜歡小孩的右叫讓趙迂坐在自己肩膀上，就這麼走開了。之前那個貧民戶的女兒也在附近。她姊姊似乎當上了見習娼妓，目前還是試用期。老鴇說過只要她學得慢，就會立刻把她攆出去。父親來過幾次想把女兒帶回去，但每次都被男僕趕走；雖然他也來找過貓貓麻煩，但女兒是自願為娼，貓貓並沒有作仲介，因此跟她無關，更何況她還沒收到藥錢。

（拜託快點付行不行？）

貓貓已經通融讓她飛黃騰達了再付，希望到時候可以多給點錢。

接著，貓貓看向坐在人家肩膀上的趙迂。

（那小子該怎麼辦才好？）

假如趙迂沒有半身麻痺，培育成男僕也不是不行。但是想當青樓的保鑣需要有點本領。

（還是讓他賣藥？）

可是，目前趙迂對賣藥一點興趣也沒有。貓貓在他這個年紀，少說已經學會百種生藥的配方了。

（明明很好玩的。）

貓貓露出有些生悶氣的表情，坐上了馬車。

阿多的宅第由於兼作皇帝離宮，相當的富麗堂皇。可能是因為如此，貓貓還沒下馬車，就被人逼著換了衣服。阿多不可能會在意這種事情，不過基本禮儀或許還是不能少吧。

貓貓抓起長長裙裳走路，以免弄髒了它。她踏進氣勢宏偉的宮門，走在鋪滿砂礫的庭院裡。庭院裡園林石、砂礫與青苔美麗如畫，讓人感受到園丁引以為豪的美感。

走了一段路後抵達的房間，除了家長阿多之外另有一人。兩人皆穿著男裝。

「歡迎妳來。」

阿多凜然的語氣依舊如昔，毋寧說比起以往更加生氣勃勃。現在的生活與這身打扮，或許都更適合她。

另一人是翠苓。翠苓不知是仿照阿多的作法，或是有其他女扮男裝的理由。她還是一樣地面無表情，隔著一步站在阿多背後。

「開場白就免了吧。我與妳們同席，不過妳們不用在意，有什麼話但說無妨。」

阿多說著，悠閒地坐到了羅漢床上。她用手勢示意兩人坐下，於是先由貓貓這個客人就座，然後翠苓才坐下。

（說是不用在意，可是……）

任誰碰到這種場面都會在意吧。貓貓一邊覺得難以施展，一邊把隨從拿來的圖鑑放到桌上。

反正如果是不便讓外人知道的事，壬氏他們應該會做更多考量才是。貓貓只能開門見山地說話。

「不知姑娘有沒有見過這些書？」

「這些是我師父用過的書。」
可能因為是當著阿多的面，翠苓的講話口氣比平素殷勤了些。
「這些就是全部了嗎？」
對於這個問題，翠苓偏著頭看看圖鑑。
「……少了一本。記得應該有十五本才對。」
「姑娘知道剩下的一本在哪裡嗎？」
「我不知道。」
翠苓講話聲調平靜，看起來不像在說謊。更何況她應該沒有理由說謊。
她已經與子字一族斷絕關係了。如今她再也不便拋頭露面，只能讓人養著終老一生。貓貓不知道她今後有何打算，也不知道皇上的想法，只覺得這樣很可惜，畢竟她是一位優秀的藥師。
既然說不知道書的下落，接著只能問這個問題了。
「那麼，姑娘的師父現在人在何處？」
翠苓一瞬間抖了一下，貓貓可是看得一清二楚。阿多邊喝茶邊看著這個場面。
「果然還活著，對吧？」
貓貓確認性地問了。

「姑娘的師父親自試過反魂藥了，對吧？」

翠苓的視線低垂。她緩緩闔眼，然後死了心般地點點頭。

「……正如妳所說的。不然恐怕沒有其他法子能離開那座城寨。」

一方面也是為了實驗，翠苓的師父服下了反魂藥。然後從她的口氣，聽得出來那人還活著。只是——

「但是，我想妳是問不出妳想知道的事情的。因為不管說與不說，結果都是一樣。」

「什麼意思？」

對於貓貓的問題，翠苓微微睜眼回答：

「他現在叫趙迂，對吧。看著那孩子，妳想像不到嗎？」

趙迂服藥後死去，又死而復生。但是這樣做的結果，導致他半身失去自由，也失去了過去的記憶。

「妳是說他失去了過去的記憶？」

「有點不對，但差不多是這樣。應該說也許妳在不知情的狀況下，已經與師父擦身而過了。」

「怎麼說？」

翠苓神色悲傷，睫毛低垂。

「還記得那個溫泉鄉嗎？」
「記得。」
就是那個祭祀狐狸的避世村莊。那天看到的燈籠火光仍然歷歷在目。
「在那裡的其中一位臥床不起的老人就是我的師父。」
人們到溫泉鄉是為了養病。那樣的病人多的是。
「師父已經連自己是何人都忘了。假若師父身體健朗如前，那丫頭應該也不會想到把妳牽扯進來。」
講到「那丫頭」，翠苓臉色又是一沉。
貓貓不知道翠苓與子翠，這兩人作為異母姊妹建立起了何種關係。只是聰慧的翠苓應該已察覺到子翠起事的原因跟自己也有關係。子翠在為這國家清除積弊的同時，也想讓姊姊脫離母親的桎梏。
「……是這麼回事啊。」
貓貓頓時覺得渾身虛脫無力。還以為好不容易得到情報了。不，還有希望。
「那麼，我想了解妳師父以前作過的蝗蟲研究。」
貓貓將昆蟲圖鑑放在翠苓面前。但翠苓又一次搖頭。
「那件事我並未參與。我怕蟲子，蟲子都是那丫頭份內的事。」

「也是。」

近乎拷問的責罰，造成翠苓害怕蟲子或蛇。而「那丫頭」已經不在了。

貓貓的肩膀再度頹然下垂。

「師父於受命調製不死藥之際，原先調查的資料幾乎悉數遭到銷毀。能帶出來的就只有那個房間裡的那些。」

為了讓藥師專心調製不死藥，他們想把原先的研究消於無形。但翠苓的師父想繼續研究，於是讓負責伺候飯食的左膳幫忙，做了多方調查。

「原來是這樣啊。」

忽然間，原本靜靜聆聽的阿多有了動作。她將茶杯放到桌上，看向翠苓。

「就我聽起來，『那丫頭』似乎是個冰雪聰明的孩子呢。」

「無論再怎麼聰明，人都已經不在了。」

不在就是不在，一點辦法也沒有。在翠苓的心中，子翠恐怕已經是過去的人了。這句話讓貓貓握緊拳頭。

「那麼，這個聰明的孩子什麼都沒留下就消失了？」

「！」

只聽見砰一聲。貓貓將手支在桌上，翠苓霍地站了起來。

「夫人恕罪。」

「沒事，放輕鬆。」

阿多對道歉的翠苓說。

「我不喜歡這麼拘束，希望妳可以再放輕鬆一點。像我不就沒在意這些，自顧自地在想事情嗎？」

但貓貓覺得道聲歉是應該的。不過，方才阿多所言讓貓貓覺得好像有種想法呼之欲出。是什麼事情來著？

到底是什麼……

貓貓追溯記憶。是在城寨發生過什麼事嗎？還是更早之前……

在那之前……後宮，還是尚藥局？不，非也。

記得那兒應該是……

貓貓又一次「砰！」拍了一下桌子。

「病坊！是病坊，病坊現在怎麼樣了？」

貓貓在被翠苓從後宮擄走之前，原本是待在病坊。她在那裡發現了一樣東西——放在書架上的書籍。那不正是一本圖鑑，而且寫的還是昆蟲嗎？

（真是個精明的丫頭。）

貓貓想起那個再也無緣相見的姑娘，笑了起來。想到她可能是抓準最後一刻讓貓貓看到圖鑑，貓貓心裡湧起的已經不是懊惱，而是笑意了。

她一邊回想起子翠邊笑得開懷邊對她惡作劇的神情，一邊連連拍打桌子。

據說病坊曾經一時遭到封鎖。雖說不是所有人，但幫助他人逃出後宮就是重罪，其中名喚深綠的宮女更是罪不可赦。深綠企圖自盡，雖然一息尚存，但以罪人的身分被押進大牢。然而病坊在後宮是不可或缺的存在。聽說如今已經解除封鎖，只是有宦官監視著。

不過，貓貓被擄之際，病坊裡的一應物品全被扣押，而貓貓看過的圖鑑也是其中之一。

「這樣就行了吧？」

壬氏遞出圖鑑。他今日似乎得到准假。高順應該正在藥舖外頭向小丫頭要茶喝。

「失禮了。」

貓貓接過圖鑑後，開始信手翻頁。她發現有個地方寫了格外多的注釋。慢慢翻開一看，嘩啦一聲，一些寫滿字跡的紙片從中掉了出來。

貓貓開著書頁，放在地板上好讓壬氏看見。然後，她仔仔細細地把掉出來的紙片一張張排好。

「就是這個了。」

紙上繪有許多精細的昆蟲圖畫。每張圖畫都大同小異，但上頭寫說是飛蝗，所以應該都是飛蝗。有的畫出全身，有的將焦點放在腳或翅膀上，分解成各部位繪製，各有不同。雖然稍有褪色，但仍看得出有仔細地上色。

在這些紙片當中，昆蟲圖畫粗分有兩種，細分則有三種。貓貓一邊閱讀圖鑑記述的文字，一邊替這些圖畫分類。

「這邊似乎是平時常見的飛蝗。」

貓貓指著塗成綠色的飛蝗。描繪全身的圖畫看不出來，但從經過分解，只畫翅膀部分的畫來看，翅膀似乎比另外兩種稍短了些。

「而懷疑今年可能會增加數量的，就是這個。聽聞會引發蝗災的是這一種。」

壬氏也該看得懂圖鑑的文字才是，不過貓貓刻意講出來。因為這樣做可以將知識清晰烙印在腦海裡，易於記憶。她認為壬氏之所以沒吭聲，也是理解到她的此種想法。

塗成茶色的飛蝗，翅膀比綠色的長。

「然後上頭寫說，去年發生的小規模蝗災有可能是這一種。」

貓貓拿起正中央的飛蝗圖。外形介於綠色與茶色的之間，顏色也是介於其間。

「換言之，綠色的會循序漸進，變成這種茶色的飛蝗是吧。」

「似乎是的。」

飛蝗在條件齊全時，會逐漸改變身體顏色或翅膀的形狀。此種變化需要幾個世代，而且數量似乎會隨之增加。至於是因為數量增加所以改變形狀，或是因為要改變形狀而使得數量增加，圖鑑上注釋說明原因比較偏向前者。

換言之，小規模的蝗災正是日後大規模災害的前兆。

「這就表示今年會發生更大的災害？」

「是，只是不知道規模將會多大。」

然而蝗災這種現象一旦誤判狀況，百姓就會餓死。別小看區區蟲子，有時牠們能夠鋪天蓋地，吞食一切五穀雜糧。

貓貓是在京城長大的，沒見過此種現象。但從農村被賣到煙花巷的娼妓當中，有很多姑娘就是遭逢蝗災無糧可吃才被賣過來的。

而且，時機不巧。去年子字一族滿門遭戮的事情已經傳遍了全國上下。

子字一族這事若是再加上隔年的蝗災，對一個國家來說絕沒有好影響。

話說回來，貓貓與壬氏想知道的都不只這些。也就是說既然曾經研究過蝗災，想必也調查過預防的方法。

然而……

「……」

書中沒有關於特效藥的記載。

上面寫著發生小規模災害後，必須趁下一場災害發生前應對，並羅列出應對方法。每種方法都近乎於人海戰術。文中提到重點在於趁幼蟲時期加以驅除，並寫出了有效驅除幼蟲的殺蟲劑製造法。可能因為必須大量消耗的關係，藥劑似乎是以比較容易入手的材料製成。

此外，書上建議在變為成蟲後，可以焚燒火堆。這是自古以來的應對法，也就是所謂的飛蛾撲火。

「沒得到什麼重要的情報呢。」

「不，如果一無所知地任由事態發生，之後災情恐怕會相當嚴重。能得知殺蟲劑的配方已經很有收穫了。」

壬氏一邊抓頭，一邊從懷裡取出一大張地圖。這是國內從中央到子北州與西部的地圖，上面畫有好幾個朱紅色圓圈。題外話，中央稱作華央州。今後子北州會如何改名尚且不得而知，不過目前還沒有要更動的樣子。

「這些是收到災情報告的農村位置。妳從這些能看出什麼嗎？」

「這可難倒小女子了。」

聽聞蝗災大多發生於廣闊平原。的確這些農村的位置全都鄰近平原。

「常發生於平原，是否還是因為利於飛蝗成長呢？」

「應該是，但是當地已經數十年沒發生過嚴重蝗災了。」

壬氏用手指在地圖上畫個圈給貓貓看，位置在北部子字一族的直轄封地附近。當地雖是物產豐饒的農村地帶，但鄰接森林或山地。

不知為何，壬氏頗有火氣地用手指敲打這塊森林地帶。

「一般來說若是離森林近，鳥類應該會吃掉蟲子……」

「問題就在這裡。」

壬氏神色尷尬地抓了抓頭。

子北州原本有著大片森林，但壬氏說這附近早已化作禿山。國內的森林在女皇時代曾禁止濫墾濫伐；然而在女皇駕崩後，子字一族一些道德淪喪的傢伙似乎就開始瞞著朝廷砍伐樹木。

說是把流入國內市場的那一部分提高價錢以避免穿幫，其他部分則賣到國外。過度的砍伐行為似乎嚴重破壞了當地的自然水土。

「……那不就表示是因為這樣導致鳥類消失，才會引發蝗災了？」

「很有這個可能。」

怪了，越聽越悲哀。

壬氏之所以如此沮喪，可能是對子北州的森林資源或多或少寄予過期待。他也許是認為可以賣木材換錢，從遠方收購糧食來彌補米穀的歉收；如今這個算盤是徹底白打了。

（嗯？）

這樣一來，貓貓對女皇限制砍伐森林的理由有了點想法，不過這事以後再慢慢思考。

貓貓盯著圖鑑瞧。她反覆閱讀關於殺蟲劑的記載，然後站起來。她從房間書架拿下一本書，啪啦啪啦地翻開書頁，拿給壬氏看。

「小女子認為只靠這個配方，藥劑是完全不夠用的。雖然效果可能稍差一點，不過小女子還是準備一下其他配方好了。」

然後其他想到的事是……

「索性放火把幼蟲生長的地方全燒了如何？」

「嗯——這要視地點而定。我覺得燒死幼蟲的確是最快的法子。」

再來還能想到的，就是……

「禁捕麻雀吧。」

麻雀雖被視為害鳥，但也是能夠吃掉害蟲的功臣。在結穗之前，損失應該還不會太大。只是以捕雀維生的一些人可能會有怨言。

即使把這些方法全試過一遍，也不知道能減少多少災情。當然也有可能根本沒發生蝗災，不過那樣更好，不會造成問題。

把負面可能性一個個摘除，正是為政者的職責。即使這樣做不能獲得應有的評價，也還是得做。

「禁捕麻雀啊，做得太急躁可能會引發反彈聲浪。」

在京城市集上就能買到麻雀菜餚，屬於隨處可見，比較普遍的一種食材。

「要是有東西能替代就好了。」

「不如索性將飛蝗菜餚作成宮廷菜如何？」

貓貓覺得這是個好主意，忍不住說了出來。這麼一來，飛蝗就會變成御膳食材，想必會有很多人試著去捕，況且只要皇帝在吃，達官貴人應該也會爭相仿效才是。

然而……

壬氏僵住了。平素英姿煥發的男子，似乎霎時變得顏色枯槁。

（這傢伙……）

乾脆現在就把剩在那兒的乾燒飛蝗拿出來給他吃算了——貓貓心想。

壬氏好不容易才恢復動作，仰首朝天，輕輕用指尖按住眉間低聲呻吟。看來他內心正在一番糾葛。最後……

「……這個當作是最終手段好嗎？」

「只要數量不增加就沒事了。」

貓貓雖這麼說，卻感到有些遺憾。
只有一件事可以肯定，那就是壬氏比方才顯現出了更堅定的決心。
看來他是真的很不想吃那個。
（……）
貓貓臉上浮現若有似無的笑。壬氏見狀再次僵住。
「對了，壬總管。」
「何……何事？」
壬氏有點結巴地回話。
「總管不如先用過膳再回去吧？」
貓貓畢恭畢敬地如此進言。不懷好意地笑著。

後來，壬氏決定吃過晚膳再回去。由於藥舖實在太狹小，貓貓準備了一間平素無人使用的客房。
不用說也知道，貓貓端出了還剩在那兒的乾燒飛蝗。當然，貓貓無意逼他吃，只是懷著一點小小惡作劇的心情罷了。
她原本打算只要壬氏一有不高興，就馬上把飛蝗收走。況且老鴇也用一種欲言又止的表情瞪她。

豈料——

「啊——」

貓貓一反常態地，做出用筷子夾菜餵他吃的動作。

「……」

（該適可而止了吧。）

但貓貓半開玩笑地夾起的飛蝗，壬氏在躊躇一瞬間後竟然張嘴咬住了。反倒是貓貓忍不住目瞪口歪起來。

壬氏緊皺眉頭咀嚼著飛蝗，讓貓貓覺得好像看到了什麼不該看的東西。那是一種意義不同於壬氏的女裝，不該存在於這世上的東西。

周遭旁人似乎也有同感，所有人無不是一副背後遭到雷擊的神情。

高順雙手顫抖。

端來晚膳的小丫頭，好像喜愛的娃娃沾了泥巴似的哭喪著臉。

跑來偷吃晚膳的趙迂臉孔抽搐，直搖頭說「太不應該了」。

就連老鴇的臉部肌肉都在抽搐。

壬氏無視於這幾個人，咀嚼一番之後嚥了下去。雖然還是一副厭惡的表情，但也用有話想說的眼神看著貓貓。

「拿粥來。」

「啊，是！」

貓貓把粥碗端給壬氏，但他不肯接過。壬氏看看粥，又看看貓貓。

（要涼掉嘍？）

貓貓不懂他想說什麼，拿起調羹。難道是不喜歡裡面的料？貓貓舀起粥看看。但甫一舀起，壬氏就一口含住了調羹。

「……」

（又不是小娃兒。）

貓貓再度用調羹舀起粥，壬氏又靠了過來。貓貓怕粥灑了，於是送到他的嘴邊。壬氏一口吃下。

貓貓半睜著眼，這次換成用筷子夾起飛蝗。壬氏雖然又蹙眉顰額，但張嘴吃了飛蝗。

只聽見高順「噫！」地哀叫。

接著傳來喀噠一聲，小丫頭哭哭啼啼地蹲到地上，讓趙迂安撫著。

貓貓心想，這景象有這麼嚇人嗎？也許對小孩子來說刺激太大了。

「麻子臉，我帶她離開一下。還有小哥，自己做出的事情自己要負責喔。」

「……」

壬氏鼓著臉頰，光是嚥下飛蝗就已經很費力了。怎麼看都不像是吃得津津有味，但貓貓夾過來他就吃。

趙迂把哭得一把眼淚一把鼻涕的小丫頭帶走了。

（真是對不起。）

壬氏由於相貌出眾，即使在綠青館也盡量不以真面目示人。老鴇也不願讓娼妓瞧見，說是怕她們無心服侍客人。

所以送來膳食的小丫頭才會是那個口不能言的姑娘，也就是那對貧民窟姊妹的妹妹。妹妹雖未賣身，但姊姊認為與其讓她回父親身邊，不如留在綠青館。只是老鴇沒好心到白白養她，因此讓她作小丫頭。小姑娘雖然個性非常膽小，但因為不願意回父親身邊的關係，做事相當勤勞。

有點孩子王個性的趙迂，經常袒護這個性情懦弱的小丫頭。本人雖堅稱「因為她是我的手下」，實際上是如何就難說了。

壬氏嚥下飛蝗後又看向了貓貓。

（好好好。）

貓貓再度把調羹送到壬氏的嘴邊。

「喂，麻子臉。」

壬氏回去後，照顧完小丫頭的趙迂來了。不知為何，手上拿著紙筆。

「你這紙哪兒來的？」

「哦，嬤嬤給的。」

「小氣老太婆送你紙？」

老鴇是個守財奴，貓貓不認為她會輕易把昂貴的紙拿來送人。

「但她就是給我啦，又不會怎樣。先別說這個了，妳到那兒坐下。」

「為什麼啊。」

貓貓很想早早把藥舖收了打道回府，偏偏這小鬼一堆任性要求。

她不耐煩地想把小鬼趕走，豈料背後傳來了沙啞的嗓音：

「好啦，照趙迂說的做。妳今晚就在這兒睡下吧，回去還要燒火多費事啊。寢衣也幫妳準備好了。」

「嬤嬤，妳是怎麼了？是看到奇怪的東西，瘋魔了嗎？」

看到嬤嬤這麼親切，貓貓不小心說溜了嘴。速度快到不像個老婦的拳頭落到頭上。這個臭老太婆明明都一腳踏進棺材了，個頭卻比貓貓大，高舉捶下的拳頭力道大到讓貓貓差點沒痛得死去活來。

「廢話少說。我在方才那房間裡鋪好被褥了。睡前記得洗澡啊，水應該還是熱的。」

（不太對勁。）

貓貓雖這麼想，但難得有這好事，就進了房間。趙迂把紙鋪平，老鴇也勤快地磨墨。

（這裡頭絕對有鬼。）

不知為何，白鈴小姐與女華小姐都來看熱鬧，兩人今天似乎在磨茶。其他娼妓則在招呼客人。

「嬤嬤，妳不用盯客人時辰嗎？」

「我讓右叫去做了，他會處理的。」

貓貓正在奇怪大夥兒又不是沒事做，為何要聚集在這裡時，趙迂準備好了毛筆，看著貓貓。

「幹麼？」

「麻子臉，跟我說妳喜歡怎樣的男人。」

「啥？」

貓貓覺得這小鬼亂講話，懶得理他，拿起裝在籃子裡的寢衣就想準備洗澡，卻被老鴇扯住衣袖攔了下來。

「好了啦，認真點回答。」

「貓貓，不可以違逆嬤嬤喲！」

連白鈴都這麼說。

女華面容冷若冰霜地抽著菸斗。雖然正值客人出入的時段，不過這個房間是專供想祕密行事之人使用，不太會有人過來。因此即使稍嫌有失莊重，嬤嬤也不會說什麼。

「總之妳到底喜歡哪一型啦？像是高個子或是虎背熊腰什麼的，總能舉出幾個吧。」

（麻煩死了。）

「不要太高大比較好。」

「嗯嗯。」

貓貓心想老實回答才是上策，不得已只好在被褥上坐下。由於天冷，她把腳塞進被子裡。

「心廣體胖比瘦筋巴骨的好。」

高個子會讓嬌小的貓貓看到脖子痛。太瘦會讓人誤會貓貓餓著他了。

「鬍子呢？」

「有也無妨，但不要太濃。」

一般都說濃密的鬍子比較有男子氣概，但貓貓覺得骯髒勝過男人味。再說她有時看到一些人疏於保養鬍子，上頭偶爾沾有米粒，每次看了就生氣。

「那長相呢？」

「柔和的比犀利的好。」

像什麼狐狸眼完全不行，根本糟透了，最好統統絕種。

「眉毛也下垂一點比較好？」

「哦，這就隨便。」

「嗯——那大致上就這樣吧。」

趙迂拿起畫好的紙搧風。

「哎呀——感覺有點土氣呢。」

喜歡肌肉壯漢的白鈴說道。

「一副不知世間險惡的臉孔呢。」

老鴇也沒給什麼好評價。

「這什麼啊，我可不要。」

女華講話絲毫不留情面。這位名列三姬之一的娼妓，雖是娼妓卻恨透了男人，性情乖僻，幾乎哪種男人都看不上眼。

而貓貓也看了看畫像。

「……」
「怎麼啦？」
老鴇向無言的貓貓問道。
「沒有，只是實在太像了。」
「什麼——難道說貓貓妳有心儀的官人？」
相較於興奮雀躍的白鈴，老鴇的表情悶悶不樂。
的確是不討厭沒錯。
「是什麼樣的男人？」
「不，問題不在於男人不男人。」
因為那人是宦官……
「這畫得跟後宮醫官一模一樣。」
紙上畫著一個與庸醫如出一轍的男子。
「……」
聽完令人掃興的答案後，眾人紛紛快步離開了房間。
「什麼嘛——真沒意思。」
原本想聊風流韻事聊個痛快的白鈴，一旦失去興趣就跑得比誰都快。她瞄了貓貓一眼，但貓貓決定當作沒發現。老鴇也一臉沒趣的表情離開房間，趙迂去洗澡了。

最後只剩下抽著菸斗的女華。

女華悄悄打開窗戶，冷風從打開的縫隙吹進來。暈開一片墨色的天空掛著弦月稀星，還可看見幾扇映照出男女剪影的窗戶。

今霄在這青樓又將萌生幾株愛苗，然後隨著破曉而慢慢凋零。女華一邊吞雲吐霧，一邊看向貓貓。

「我不是不能體會妳的心情。畢竟男人這種東西都是見異思遷，位高權重的男人更是如此。」

女華放下菸斗。那動作雖然慵懶，卻不失美感。三姬中年歲最小的這一位是個才女，客人敬愛的是她的才華。時人甚至說只要夠本事與女華談古論今，考上科舉都不是問題，有時常客還會帶家境富裕的考生來討吉祥。

「若妳的個性像白鈴姊的話，我不會阻止妳，畢竟她是個妖姬。但妳不同。白鈴姊嫌妳不乾不脆，但我很希望她能理解妳與她的個性不同。貓貓，因為妳的個性真要說的話，比較像我。」

貓貓明白她的意思。大概……說的一定是那件事吧。

「天下沒有不變心的郎君，待在這兒看到都煩了。相信對方又能得到什麼？」

女華再度拿起菸斗，靜靜地彈落裡頭的灰。然後她將菸草塞進去，用火盆取火。白煙籠罩了她一身。

「我終究是個妓女，而妳是妓女之子。」

這就是現實。

貓貓看到彈落火盆的菸灰，稍稍皺起了眉頭。

「小姐，妳抽得凶了點吧？」

「沒關係，偶爾罷了。誰叫那些一臉正經八百的文官，都討厭女子抽菸斗呢？」

她說「沒客人上門時，就隨我高興吧」，朝著天空呼出長長的一口煙。

七話　白蛇仙女

事情始自一位客人的談話。

「難怪覺得最近客人少了好多。」

梅梅小姐衣衫不整地躺臥著，在棋盤上排圍棋棋子。小姐的貼身丫鬟看著棋盤，一邊煩惱一邊放下棋子。兩人正在玩珍瓏棋局。

「誰叫那些了不起的公卿大臣，都喜歡新奇的玩意兒呢？」

女華小姐吞雲吐霧地說。貓貓受到兩位小姐拜託，正在作針灸的準備。由於兩人每逢小日子氣血總是不順，貓貓不時會用這種方式為她們刺激穴位、紓解瘀血。因此兩人今天都不用正式接待客人。

這事據說是昨日與梅梅下棋的客人告訴她的。說是有個比綠青館三姬更稀奇，有如仙女的姑娘。

「反正就是嫌我們老啦——以前還把我們當成美玉一樣捧在手裡呢。」

女華呸了一口，不屑地說。「是是是。」貓貓一邊隨口附和一邊讓女華趴下，將艾絨放在她的肌膚上點火。先是聽見她嫵媚地「呼啊～」一聲，再看到那腳尖如琴弦般伸直的模樣，貓貓很想跟她說「小姐還能再戰十年啦」。

「好像聽說那姑娘有著雪白的頭髮呢。若只是這樣的話不過是白髮罷了，但是……」

據說還有一雙嫣紅的眼睛呢——梅梅補充說道。

（白髮紅眼……）

貓貓點頭，覺得的確稀奇。替女華弄完之後，就換替梅梅準備艾絨了。

梅梅從衣裳裙襬伸出修長玉腿。貓貓仔細地摺起裙襬以免被火燒焦，然後放上艾絨點火。

「頭髮也就算了，還有一雙紅眼？那麼是白子了？」

「八成是了。」

兩位小姐沉吟老半天。手拈棋子的丫鬟聽不太懂，拉拉貓貓的衣袖。她就是日前看到壬氏吃飛蝗而哭天喊地的小姑娘，名字似乎叫作梓琳。姊姊也是類似的名字，不過為了與父親斷絕關係，似乎有意改名。既然遲早會改，貓貓也無意去記。

貓貓不耐煩地瞇起眼睛，但看到梓琳露出身體一抖的驚嚇模樣，不得已只好開口：

「這種現象比較少發生在人身上，不過有些小孩與生俱來就是沒有顏色。他們的頭髮與肌膚都很白，眼睛則是映出深處的血而呈現紅色。這就叫作白子。」

動物也會發生這種現象。像白蛇或狐狸都會被當成吉祥神獸受到敬拜，但人就不一定了。據說在遙遠的異國，風俗認為肌膚白皙的孩子可作成萬靈丹，會吃他們的肉。不過，此種說法荒誕無稽。貓貓的阿爹羅門教過她，他們雖然頭髮與肌膚雪白，但只不過是缺乏色素，內在與常人無異。

講到白色個體，貓貓也捉到過一次白蛇，覺得那真是一種神奇的生物。

這次似乎由於稀奇而受人敬拜為仙女了，被當成吉兆而非凶兆。

「反正那些大官遲早也會膩的。」

「可是啊……」

梅梅一邊伸出另一條腿，一邊說。

「據說她真的會施仙術呢。」

這句話讓貓貓挑動了一下眉毛。

據說那位仙女能夠施展讀心術，並點石成金。

貓貓聽了就不信，但好事的有錢人都很有興致。據說起初只是在一間小之又小的雜耍小屋表演，如今卻租下了京城的戲場。

只在夜晚舉行一次的雜耍表演吸引了所有富商大賈，怪不得煙花巷眾娼妓要抱怨了。久久才來一次，卻滿口都在讚美仙女的非人美貌與法力，娼妓聽了當然不高興。

看到收入比平素減了兩成，就連老鴇都在摔菸斗了。中級娼妓的客人進出雖未減少，但綠青館是高級青樓，上等客人來與不來，對營收的影響很大。

「雜耍這玩意看一次不就夠了？」

「這可不一定。」

男僕領班右叫對貓貓的自言自語作出了反應。這個年近不惑的男子，最近應該忙著照顧趙迂與左膳，直到夜晚見客的燈籠即將掛起，似乎才終於能喘一口氣。他正吃著大肉包代替較遲的午膳。

貓貓幫忙倒上泡到無味的茶後，右叫說了句「不好意思」，就拿起茶杯把茶灌進喉嚨。

「煉丹術有聽過吧？」

「這還用問？」

煉丹術，就是一種燒煉丹藥以修練成仙乃至長生不死的方術。當貓貓聽到阿爹這樣說時，自然不可能不兩眼發亮。然後她還記得，阿爹立刻就叮囑了她一聲。

『不可以去學著做那種事。』

羅門如此說過。換言之，此乃一種極其可疑的方術。

「所以他們也想學學長生不死的力量？」

「算是吧。聽說她不但容貌異於常人，還能看穿人心呢。」

「難怪。」

抱著懷疑心態到場的達官貴人發現心思被看穿時，不知會作何感想？蔑視對方的心思被這麼一推翻，也許會變成信仰的形式。然後，或許也會開始相信長生不死藥的真實性。

（最好是有那種蠢事。）

貓貓知道有人研究不死藥到了最後，研製出了反魂藥。那人本該是位優秀的醫官，如今卻因為藥物副作用而面目全非。

貓貓握緊了手。要是有他的知識，就能夠對蝗災做出更有效的對策了。不過貓貓知道懊惱這個也沒用。災害還在發展過程中，今後逐步施行的措施，也許能讓狀況有所改善。

明明壬氏等人正為了今後可能發生的災害絞盡腦汁，其他達官貴人卻沉湎於安樂，讓貓貓直嘆氣。

只是，貓貓也對此種方術起了好奇心。

「換句話說就是那個嗎？那個所謂的仙女，在耍長生不死藥的戲法招攬客人？」

「這我就不知道了。我只是正好聽見官員隨從的講話內容而已。」

右叫說著，把包子丟進嘴裡，用剩下的茶和著嚥下。已經是替燈籠點火的時辰了。

「妳好奇的話就去看看嘛？」

「我哪付得起那麼貴的入場費啊。」

「那妳就去拜託某某人啊。」

說著，右叫靈巧地只用右眼眨了一下，就速速離去了。

（拜託誰啊。）

貓貓呸了一口。

（誰有那閒工夫啊。）

後來過了數日，一名意外的人物到來了。

「來了個料想之外的人呢。」

右叫摸著下頷說。最近右叫因為常常得充當保母，白日經常待在綠青館。他把客人帶到貓貓面前後，就匆匆回工作崗位去了。

「好死不死，竟然是那邊的人啊。」

「這樣講就太失禮了。」

說話者是個矮小的男子。他戴著圓眼鏡，一雙狐狸眼，手裡拿著算盤。從名字叫作羅半就知道，乃是羅字一族之人。此人是怪人軍師的姪子，也是養子。他來到藥鋪，原來是想找貓貓去看那個表演，還沒忘記帶了個伴。

「我都不知道你還喜歡看表演。」
貓貓只客套性地端出不夠熱且泡到無味的茶，如此說了。
「大家感興趣的事情，我也不是全然不感到好奇。」
在把眼鏡往上推的矮子身邊，有個笑咪咪的陌生男子。差不多年近三十吧，是個神情穩重，線條纖細的儒雅小生。貓貓稍微點頭致意後，繼續與羅半談話。
「不是聽說那白子是個沉魚落雁的美女嗎？」
這個男的對美麗的事物毫無抵抗力。只是，聽說其目光不同於尋常男子，看見的都是數字上的美感。怪人的養子果然還是怪人。
「所以，你才會來找我一起去？」
「妳應該也很好奇吧？」
這貓貓不否認。可是，這個男的邀貓貓一起去對他有何好處？貓貓左右張望。
「妳找義父的話，他沒來。他不會來的。」
貓貓原本以為羅半是拿她討好怪人軍師，看來錯了。
「真的？」
「不過義父的部下倒是來了。」
羅半說完，看向站在身旁的青年。貓貓忍不住蹙眉顰額。

「請姑娘別這樣一臉不悅。」

青年露出由衷受傷的表情。

「羅……」

青年正要說出某人的名字，但似乎看出了貓貓的表情，乾咳一聲。

「稱呼為軍師閣下可以吧？」

見貓貓的表情恢復成能夠直視的模樣，青年安心地呼一口氣。

「在下是軍師閣下的部下，名喚陸孫。」

「……小女子名叫貓貓。」

「已有耳聞。」

貓貓盯著羅半瞧，意思是問他為何怪人軍師沒來，只有部下來了。捲毛眼鏡雙手一攤。

「我想義父會有一段時間不會踏出家門。」

羅半神情顯得有些困擾地說。

「是喔——」

羅半似乎話中有話，但追問對貓貓沒好處。

「那麼你邀我的理由是什麼？」

羅半邀人不可能不考慮到利益得失。就貓貓所知，這個男的是僅次於老鴇的守財奴。

「不久之後，朝廷與西方有個貿易往來，有意聘請那個戲班子登臺演出。」
「所以……」
「來自該地的賓客之中也有女子，我想請妳用女子的眼光給點意見。」
「少來這套。」
貓貓即刻回答。雖然陸孫在場，但她才不管那麼多。她絲毫無意對怪人軍師的部下有任何顧慮。
羅半假惺惺地雙手一攤。老實說，這動作看了很礙眼。八成是早就料到貓貓會加以否定，只是說說而已吧。
「其實是這樣的。」
陸孫插嘴。他露出有些困擾的神情，似乎在煩惱著該如何解釋。
「那個……在下的上司，軍師閣下對這件事……」
說是曾經稍微表示過，覺得此事有點奇怪。
「就這樣而已。」
陸孫將這句話放在心上，於是對那些江湖藝人調查了一番。怪人軍師所言並沒有根據，就算有，頂多也是那個男人妖魔鬼怪般的直覺罷了，然而……
「但在下偶然聽到了一件令人介意的傳聞。」

陸孫神色嚴肅地道出了那項傳聞。

（希望不是什麼麻煩事就好。）

貓貓邊作如此想邊套上了外套。這是衣裳鋪免費送她的，是一件上好的棉襖。雖然顏色有點花俏，但免錢的東西不拿白不拿。而且拿了不穿就浪費了。

穿上保暖衣物走到外頭一看，馬車正等著她。

外頭天色已暗，滿天飄落著鵝毛雪。如果把這堆事情告訴趙迂，他會吵著要跟，因此貓貓拜託右叫照顧他吃晚膳。

「我們走吧。」

陸孫斯文有禮地打開了馬車車門。簡直好像在伺候哪裡的公主或千金似的。

羅半坐在馬車裡。戴的眼鏡與平素不同，看的出來是他個人的盛裝打扮。

陸孫在羅半身旁坐下後，車夫握住了馬匹的轠繩。

人稱仙女降臨的戲場，位於京城中央偏東的位置。該處乃是店肆林立的京城當中最繁榮的地點，鄰近各家王侯府第。這個平素以演戲為主的場子，竟然要讓仙女獨自登臺表演，著實不可思議。

（還真是個庸俗的仙女。）

仙女因其容貌被人稱為白娘娘。就一介江湖藝人來說有些名過其實。

下了馬車後，已經有許多人大排長龍。男夥計收了錢，不斷地帶客人入場。

「這是在幹麼？」

貓貓忍不住低喃了一聲。客人全都衣著講究，但臉上卻戴著奇妙的面具或面紗。只有少數幾人以真面目示人。

羅半替貓貓的頭蓋上一塊觸感柔順的紗。至於羅半、陸孫與身強力壯的保鑣，則各自都戴上了只遮住半張臉的面具。

「也就是說他們覺得這種表演很俗氣。能夠有個小配件讓大家裝作互不認識，可讓事情進行得比較順暢。」

難道說富豪或高官興致勃勃地觀賞這種雜耍，看在他人眼裡會顯得太愛湊熱鬧？還是說，這種做法其實也是參與盛會的一種遊興？貓貓幾乎要被這種故作神祕的氣氛吞沒了。

（看來是有人出資贊助。）

看入場費的金額，要租下這麼氣派的戲場恐怕很難。真要說起來，一般戲劇表演大多都有人出資，若是江湖藝人的戲班子更是有這需要。貓貓都能察覺的事，羅半不可能沒察覺，他往四周頻頻偷瞄，同時在腦中打著算盤。

戲場最內側有座舞臺，前面放了好幾十張桌子。天花板挑高讓客人從二樓也能看表演。屋內應該能容納超過百人。

雖然後宮的樓房蓋得更大且能容納更多人，不過此處的設計重點是能讓所有人看見戲劇表演。相對地，梁柱上雕刻的花紋無不精細美麗。

天花板上掛著大燈籠，一行人以燈光照路，在昏暗的屋內行走。

貓貓在從舞臺算起左側的第二個席位坐下。正前方與正中間都坐著身材發福的男子，讓年輕姑娘服侍著。

「中央座位一席難求，座位費貴得不合理。」

羅半似乎很不服氣，可見他們這一桌一定也不便宜。對這個守財奴來說已經算是大手筆了。

席位供四人坐，加上保鑣剛剛好。

「不，其實再坐後面一點也不要緊的。」

陸孫如此說道。的確只要看誰占到好位子，就大致能想像到此人的權力或財力在哪個程度。乍看之下，中央席位的男子只像是個錢太多的暴發戶。貓貓記得最近在煙花巷大搖大擺的貿易商人就是那樣的男子。

一行人甫一坐下，幾名笑容可掬的女侍立刻端了杯子過來，並送上烘焙點心配飲料享用。貓貓覺得這組合真奇怪。

貓貓抽動鼻子嗅了嗅杯中物。

「是酒，妳不喝嗎？」

貓貓嗜酒。但她想用清醒的眼光看看那個叫白娘娘的人物。

「晚點兒再喝。還是說我應該試個毒？」

「不，免了。」

羅半也學她將杯子放到桌上。跟怪人軍師一樣，這傢伙也不是很會喝酒。陸孫見狀，沒有要舉杯的樣子。

「想喝就喝啊？」

「不了，在下不能一個人酒後失態。」

保鑣當然不喝。從面具沒遮住的嘴角，可以看出他覺得很可惜。

就旁人的表情來看，杯中酒似乎頗為可口。茶點似乎也很搭，有些人吃了一點。貓貓一面覺得兩人其實不用這麼客氣，一面將眼睛轉向了舞臺。

昏暗的室內蒙上一層白霧。繼而伴隨著銅鑼聲，舞臺的主角光彩奪目地現身了。

那是個白衣裳白皮膚，一頭白髮沒綰起披散在背後的姑娘。在那雪白的色彩當中，只有嫣紅的嘴唇與雙眸格外顯眼。

當銅鑼聲響徹屋內時，白娘娘站到了舞臺中央。那裡準備了一張精美的桌子。姑娘站到桌前，將事先放在桌上的紙拿給眾人看。紙上畫著此時舞臺與桌子的相對位置。

這時，一名身穿白衣的男子來到臺上。男子雖是黑髮，但穿著打扮仿照白娘娘，看得出來是娘娘的手下。男子從娘娘手中接過那張配置圖後，貼到舞臺的牆壁上，然後對著它扔出了某種東西。

那似乎是一種飛鏢。這個細長的東西穿透了紙，刺在牆上。牆壁是事先準備好的紙牆，一戳就破。

「那麼，坐在這個席位的觀眾是……」

紙上開出了洞。

正好就是左側從前面數來的第二個席位。

「是我們這裡呢。」

「就是這兒呢。」

換言之就是貓貓他們坐的席位。

「怎麼辦？」

「在下也不知道。」

羅半似乎不感興趣。陸孫好像也不是愛湊熱鬧的性情，保鑣則有職責在身。

「不妨妳去如何？」
羅半指著貓貓。
「正好趁此機會近距離看看她。」
「……」
貓貓遲疑了一下，心想機會難得就答應了。
「那麼我去去就回。」
貓貓說完，登上了舞臺。
在閃爍搖曳的燈籠火光下，白娘娘顯得更加光彩明亮。她那白皙過頭的肌膚晶瑩剔透，讓底下的血管浮現出來。看得出來不只是用白粉把肌膚塗白。
「能請姑娘寫下您喜歡的數字嗎？」
貓貓聽見了幾不可聞的細小聲音。彷彿作補充說明般，一旁的男子大嗓門地說出了同一句話。
「請寫下數字但不要讓我看到，然後摺成小塊不讓任何人看見。」
白娘娘與男子都轉向後方。其間貓貓用人家給她的毛筆飛快地寫字。毛筆事先吸飽了墨水，因此有點難寫。而且寫起來不是很順，也許用的不是多好的墨。紙底下鋪了東西以免沾到桌子。

（就不能再磨細一點嗎？）

總覺得寫起來沙沙的。貓貓在意起這種莫名其妙的地方來。

寫完數字後，貓貓將它摺成小塊。

「好了。」

她一說完，白娘娘與男子都轉過身來。男子這次推來了一個板車，取而代之地將方才的桌子收到舞臺後方。

板車上有個底部插著許多奇妙圓筒的箱子。縱橫各十根，一共有一百根。

「能請姑娘將紙團塞進其中一根圓筒嗎？」

說完，白娘娘與男子又轉向了後方。其實不用刻意轉過身去，無論從看臺還是舞臺都應該看不見。

貓貓把紙揉得更小，塞進圓筒裡。紙雖然是軟的，但筒子太窄很難塞。她用力往裡面按才好不容易塞了進去。拿出來時一定很麻煩，何必做成這樣？

弄好後，箱子蓋上一塊薄紗，讓白娘娘看不見裡面。

接著男子再次搬動東西，把裝滿圓筒的箱子放到舞臺角落的另一張桌子上。可能是細紗既輕且薄的關係，它輕柔地搖動著。

「好了。」

話音甫落，「咚——」銅鑼的音色響徹四下。貓貓不禁嚇了一跳睜大眼睛，心想幸好有戴面紗。

白娘娘笑吟吟地伸出了手來。

貓貓照人家說的伸出手，冰涼的白皙玉手握住了貓貓的手腕。接著一陣清脆的鈴鐺聲響起，白娘娘盯著貓貓瞧。

（啊，這位姑娘她……）

貓貓發現她的視力不好，眼睛有時會做出奇異的動作。這讓貓貓想起，眼睛缺乏色彩之人比起常人會有很多不便之處。

（一定很辛苦。）

正在作如此想時……

「妳寫的數字是七吧。」

白娘娘說。

「！」

「被我猜中了。」

紅唇咧嘴歪扭了起來。再加上那雙紅眼，讓貓貓想起了以前捉到過的白蛇。

貓貓想把紅眼白皮的那條蛇作成蒲燒，結果挨了阿爹的罵。阿爹說那是神差吃不得，但貓貓知道其實不是那麼回事。明明白皙的皮膚與神仙無關，阿爹偶爾卻會搬出這種倫理道德來，讓貓貓很傷腦筋。

就在貓貓險些看著那雙嫣紅大眼出神時，銅鑼與鈴鐺又響了起來。

可能是因為周遭蒙上了煙霧的關係，總覺得很熱，而且頭好疼。正當彷彿蚊子在耳邊徘徊飛行的感覺讓她忽地不耐煩起來時，白娘娘又開口說：

「上面數來第三個，左邊數來第二個。」

「……」

「如何？」

男子掀開細紗，讓觀眾看見箱子裡的東西。然後他拿起箱中從上面數來第三個，左邊數來第二個的筒子，把一根細棍子插了進去。

只見……

一張紙被擠出了筒子。男子打開摺成一小塊的紙，上面清清楚楚寫著「七」這個數字。不用說，正是貓貓寫的。

貓貓一面思忖著是怎麼回事，一面回到了席位。周圍歡聲雷動。大家可能是略有酒意，聲音都很開朗歡快。

唯獨羅半等人不作聲，等著貓貓回來。
「我問妳，那是怎麼一回事？」
「你問我，我去問誰？」
羅半興味盎然地問她。
「該不會是人家塞錢給妳了吧？」
「我又不是你。」
「我也不做那種事的，那樣太醜陋了。」
明明很愛錢卻還講究美醜，貓貓實在搞不太懂這男子的為人。不過，一旁的陸孫卻在笑著。
「我什麼都沒拿啦。」
貓貓張開手掌心，又把衣袖翻過來給他們看，辯稱自己沒收錢。
「會不會是有人看到了？」
「應該沒有。」
臺上只有白娘娘與幫忙的男子。他們應該沒看到字，而且箱子上蓋著布，不太可能知道是放進了哪個筒子。
（難道說……）

貓貓忽然看了看臺上。天花板上掛著燈籠，紅色流蘇搖晃著。

貓貓本來是想如果有鏡子的話或許能看到她寫的字，但是錯了。天花板上看起來很難黏貼那種東西，更重要的是需要有合適的鏡子。煙霧那麼大，視野又昏暗，鏡子會霧濛濛的看不清。就算用的不是銅鏡而是高級的舶來品鏡子，恐怕還是看不見。

最重要的是，白娘娘眼睛似乎不好，恐怕連一尺之外都模糊難辨。

貓貓正在思考還有哪些可能時，下一場表演開始了。臺上放了新的桌子，上頭擱著各色器具。

白娘娘用筷子從中夾起一小塊金屬薄片，並且另外準備一只盤子。

男性幫手接過金屬片與盤子，用托盤裝著在戲場內旋繞走動。金屬片看起來就只是塊磨得晶亮的銅片。盤子較深，讓裡面的液體不致潑灑。

男子似乎無暇繞去二樓，上方傳來幾陣不滿的聲音。這是席位費的差異，就請他們放棄吧。

男子回來後，白娘娘將金屬片與盤子拿回來。然後她將金屬片放入盤中，盤子被放到不知何時生起的火上。白娘娘開始吟誦類似咒語的語詞，同時翩翩起舞。在霧濛濛的昏暗屋內，她全身上下像在煥發光彩。

舞畢，娘娘拿起筷子，取出盤中的金屬片示人。

（顏色變了。）

銅礦從略紅的色澤變成了銀色。「哦哦！」就近看到的人都歡呼出聲。

「銅礦變成了銀子！」

「真的嗎！」

遠處的人看不見，但看到其他人的反應後也都湊上前去。保鑣只是不准他們上臺，但距離已經近到夠讓他們瞧個清楚了。

娘娘用某種液體洗好金屬片，用布擦乾。然後，這次她直接放在火上烤。

歡呼聲更大了。

「銀子變成金子了！」

銀色這次變成了黃澄澄的金色。

娘娘用筷子將金屬片甩甩，一邊讓它降溫一邊放到盤子上。男子四處繞行，讓眾人看清楚金光閃閃的金屬片。

「……這妳能解釋嗎？」

羅半邊擦眼鏡邊問。貓貓滿意地歪唇微笑。

「晚點告訴你。現在先讓我享受表演。」

貓貓兩眼閃亮地說。她會這樣說，是因為她不想錯過任何一幕。由於是當著羅半的面，講話口氣不小心就變回了煙花巷那一套。對陸孫的講話方式可能變得很怪，不過他是怪人的部下，貓貓率性地認定沒必要擔這個心。

比起這些……

（真有意思。）

為了不要漏看任何一種神術妙法，貓貓甚至忘了眨眼。即使她不是仙女，這些表演仍然有一看的價值。

後來，白娘娘又作了幾個有趣的表演。她將溼石頭放在紙上，先對石頭施法，過了半晌後，石頭便燒了起來。

她先是不知從何處變出些蝴蝶，接著蝴蝶紛飛，然後在空中起火燃燒，化作灰燼消失。每一個變化都得到了觀眾的喝采。然後，到了最後……

娘娘拿來一種閃亮的銀色液體。就在眾人定睛瞧著這種不可思議的液體時，娘娘將它倒進小酒杯裡一飲而盡。

「！」

貓貓差點沒從座位上站起來。但她只從從椅子上起來一半，就停下動作凝視著娘娘。

「不知今宵的表演各位依然喜歡嗎？」

娘娘笑顏依舊，下了舞臺離去了。

在氣氛仍然熱烈的戲場內，觀眾興致勃勃地談論著剛才發生的事。有些人眼中熱情似火，還有些人眼神崇敬地看著仙女原先所在之處。

不過，只有貓貓等人沒興奮到那地步。或許沒喝酒也是原因之一。

「感覺很不尋常呢。」

陸孫這才終於拿起了酒杯。

貓貓不禁阻止他這麼做。陸孫一臉納悶地看她。

「有什麼問題嗎？」

「是。」

貓貓拿起自己面前的酒杯。她嗅嗅氣味，滴了一滴在皮膚上，看過反應後，用舌尖舔入嘴裡。

「……裡面似乎摻了些東西。」

酒精很少，感覺像是果子露一般順口，但另外又微微帶點複雜的滋味，表示裡頭摻了幾種成分。貓貓喝出酒裡含有少量的鹽。

「不是毒藥就是了。」

只是酒精雖然不濃，卻調配得讓它容易發揮作用。就只是如此罷了。

再說……

輕緩搖動的燈籠、昏暗的屋內、不可思議的煙霧與如夢似幻的仙女，再加上眼前發生的神奇現象。

（這可真有一套。）

這一切恐怕就足以讓某些人盲信仙術了。而在這戲場內，不知有幾成的人已經信了。貓貓一邊左猜右想，一邊喝了一小口酒。

（果然有點鹹。）

就在貓貓心想「不加鹽比較好喝」之時，忽然間……

「！」

貓貓把手指探進酒杯，然後把果子酒當成墨水在桌上寫字。

「妳在做什麼？」

「原來是這麼回事。」

貓貓來不及回答羅半的疑問，急著環顧四周。

（如果那個是這樣，那麼另外那個也有某種機關。）

貓貓後悔沒在站上舞臺時往周圍多看幾眼。當時臺上有些什麼東西？

煙霧比其他地方籠罩得更濃，很熱，頭很疼，這讓她莫名地無法專注。

（煙霧……）

那很有可能是水蒸氣。水蒸氣也許是從後臺冒出來的，這樣就知道為什麼會熱了。那麼頭疼呢？感覺簡直像有蚊子在叫。那是怎麼一回事？

（嗯？）

難道是……貓貓如此心想時，稍微瞄到了舞臺深處的白娘娘一眼。

貓貓把手指放在嘴巴上，噘唇吹了口氣。

「妳幹麼吹口哨？如果是想起鬨的話，這樣太低級了。」

羅半瞇起眼睛看著貓貓。

聲音並不大，四下又有點兒吵，應該不會傳到太遠的位置才是。然而白娘娘卻抖了一下肩膀，好像環顧了一下四周。

（哦，原來是這樣啊。）

貓貓咧嘴一笑後，伸手拿起烘焙茶點。

外頭很冷。其實可以等回到綠青館再說，但羅半他們似乎很想立刻知道是怎麼回事。於是一行人決定找家館子進去，在那裡談話。貓貓挑了家稍貴一點的館子，讓羅半一臉不情願，但她才管不著。一行人讓店小二帶位，圍著圓桌一屁股坐下。貓貓點了店家推薦的菜餚與最好的酒。

「妳不懂得什麼叫客氣嗎？」

「官高祿厚的傢伙說這什麼話？」

「我們家去年花了筆大錢，現在可是捉襟見肘啊。」

這貓貓知道，是花在綠青館上。

貓貓決定先從化銅礦為金銀的方法解釋起。

「這很接近一種叫作黃白術的方術。」

說成煉丹術可能更好懂。火藥也是用這種方術研製出來的。煉丹術當中能點鐵成金的，就稱為黃白術。貓貓用手指把玩著店小二拿來的湯匙。

煉丹術號稱能延年益壽，事實上大多不可信。古籍記載古時候的皇帝曾因過度追求長生不老而用錯方法，導致喪命。

是很像沒錯，不過毋寧說……

「小女子感覺這跟西方的煉金術更相似。」

「西方的？」

「是啊。」

貓貓點頭回答羅半的問題。總覺得跟羅半與陸孫講話由於要改變語氣，弄得很奇怪。貓貓開始覺得乾脆跟陸孫講話也別這麼拘謹好了。

「我只是聽阿爹說過，這還是頭一次親眼目睹。剛才那個既不是變成了銀子，也沒有變成金子。據說那只是在金屬片上鍍金，藉由用火燒烤的方式讓它變成不同的東西。」

貓貓也很想一試，然而阿爹不肯告訴她該用什麼材料。就算告訴她了，藥舖恐怕也湊不齊那些材料。

「說到底，妳說的鍍金到底是什麼？」

「就是在金屬的外圍包上另一種金屬的薄膜啦。」

貓貓用兩手手指夾住湯匙說。

「想知道更多細節，就去問阿爹吧。順便如果能把問到的答案告訴我更高興。不對，你非得給我這麼做。」

貓貓說完，眼睛閃出一道光芒。

至於紙張自然起火，只要利用鍍金過程的副產物就有可能辦到。之所以有蝴蝶飛出，只要把那想成製作精美的紙蝴蝶就能理解了。

當時在場的所有人，都被煙霧遮蔽了視野，而且喝了會使人酩酊大醉的酒。就連沒喝酒的羅半等人都受騙了，想必沒有任何人能夠看穿。

附帶一提，貓貓記得傳自東方島國的戲法當中，就有一種是類似紙蝴蝶的花招。那種戲法會用上好的薄紙做成剪紙來用。

「那麼，妳的心思怎麼會被她看透？」

羅半偏頭說著。

「這個我也弄懂了。」

貓貓彎著脖子，思考該如何解釋才好。正好就在此時，店小二端來了前菜的羹湯。

（用這就行了吧？）

貓貓把湯匙探進了湯碗。

「給我紙。」

「妳架子也太大了吧。」

羅半瞇細原本就夠細的眼睛，從懷裡掏出紙來。

貓貓接過，在紙上滑動泡過羹湯的湯匙，畫了小孩子的塗鴉。她甩甩紙把它弄乾。乾了之後，畫的圖畫就看不見了。

「看得見嗎？」

「弄溼的部分縮起來了。」

「細節不重要。」

「妳對義兄有點敬意好嗎？」

死都不要。
「所以，這跟那有什麼關係？」
陸孫代替羅半問了。
「要這樣做。」
貓貓走近牆邊的燈籠，輕輕拆開外框，拿晾乾的紙去烤火。
「！」
能得到反應是很高興，但這之前已經表演過了。假如壬氏等人在場，不用等貓貓做到這麼多就會看懂了。這叫無字天書。燈火燒焦了湯匙畫過的部分。
「如何？」
「什麼如何不如何，這跟看透人心有什麼關係？」
貓貓把湯匙塞進了羅半嘴裡。
「味道如何？」
「海鮮高湯很夠味，但有點鹹。」
「換句話說就是加了鹽。」
「鹽又怎麼了？」
還能怎麼了，就是加了鹽啊。至於是加在哪裡，就是方才那個沙沙的墨水裡。難怪寫起

來那麼不順。

「墨水裡加了鹽，溶解之後是看不出來的。就像這樣，溶解在湯裡就看不見。可是，加了就是加了。」

經過烘烤，就能看出裡頭除了水之外還含有其他成分。

「妳是說她把字烘烤出來了？怎麼辦到的？」

「不是用火烤，還有其他方法可以看見文字。」

貓貓寫字的紙張底下有塊黑墊。毛筆吸飽的墨水想必滲透到了那墊子上。

羅半看了看烘烤過的紙，手指滑過焦痕。

「……是這麼回事啊。」

「對，就是這麼回事。」

不一定是鹽。只要是溶解於墨水裡，晾乾後能浮現出來的成分都行。

「墨水裡溶入了某種東西。」

假設是鹽好了。他們將鹽溶化在墨水裡，接著用這種墨水將數字寫在紙上。墨水從又薄又柔軟的紙滲出，被底下的黑墊吸收。那麼晾乾之後會怎麼樣？溶化在墨水裡的鹽就會結晶浮現。

等黑墊上浮現出白粉，寫的是什麼字就一清二楚了。

「原來是這樣啊。」
陸孫恍然大悟地拍了一下手。
「那麼，知道紙塞在哪個筒子裡又是怎麼回事？」
「那個啊？那是……」
貓貓將懷紙撕成紙片後摺半，在中間開了個洞。她把紙夾在手指間，往摺起的紙張之間吹了口氣。紙張發出「噗嗡～」的呆笨聲音。
「笛子的構造總知道吧？」
「吹氣發聲。」
「那要改變音色的話呢？」
「改變氣流離開的孔洞數量就行了吧？這點小常識我知道。」
那不就結了？不，他們沒就近看過那個藏紙的筒子構造，不懂或許也無可厚非。
「假如那個塞了紙的筒子發揮了笛子孔洞的功用呢？」
「笛子？我當時沒聽見笛聲啊。」
當時戲場內滿是鈴鐺或銅鑼的聲響。但是，另有一種重要的聲音隱藏在它們之中。
「我當時待在那裡，頭痛得很厲害。我想他們很可能是弄出了音域高到我們無法察覺的聲音。」

高音會讓耳朵疼痛。貓貓雖沒能聽出聲音，身體似乎仍在無意識之中感到不適。

「高音？」

「正是。」

貓貓吹個口哨。

「這你聽得見嗎？」

「聽得見啊。」

「那麼，這個呢？」

貓貓吹出更高的聲音。以前她跟壬氏被困在洞窟裡時吹過口哨，現在故技重施。羅半面不改色，但陸孫一瞬間偏了偏頭。只有保鑣瞇起了眼睛。

「聽得見啊。」

「勉強聽得見。」

「……我沒聽見。」

保鑣一邊猶豫著是否該插嘴，一邊說了出口。真是抱歉，讓他一個人這麼不自在。

「那就好。歲數越大會越不易聽見。」

保鑣的年齡大約三十五上下，明顯一副受到打擊的神情。反應跟高順有那麼點像，也許中年人都是一個樣。

「每個人能聽見的高音各有差異。」

即使年紀相仿也會有差。如同視力有好有壞，聽力也同樣有靈敏與否。

還有，這點貓貓無法斷定，但聽說視力較差者有時聽力較好，就像取長補短。

「那位仙女的聽力似乎相當敏銳。」

她人在遠處，四下又滿是雜音，卻對貓貓的口哨起了反應。貓貓心想，也許她平日就在鍛鍊分辨聲音的能力。這讓她想起以前李白在避暑山莊逗過的獵犬。

又認為或許正因如此，方才戲場裡的樂器才會沒有笛子一類。

直笛與橫笛都有孔，按住它就能改變聲音高低。假設插在那箱子裡的一百根筒子代替了笛子孔洞的功用，貓貓把紙用力塞進筒子裡，就如同按住笛子的孔洞。

「換言之，妳是說她能聽出一百種聲音，因此得知是第幾個？假如是這樣，他們能怎麼吹它？假設那個箱子代替了笛子的話。」

「關於這點，有個確實的法子。」

假設以銅鑼與鈴鐺聲為信號，吹了十次笛子的話呢？箱子上蓋了布，即使附近有個男性幫手也不會令人起疑。假設男子在箱子旁邊，操作了灌入空氣的部位的話……

用不著記住一百種聲音，能聽出十種聲音就夠了。

「至於是如何吹它的，那個濃霧就能解釋一切了。」

假設濃霧是水蒸氣，是在某處燒水產生的好了。

或許可以想成是將蒸氣從桌子底下灌進去。眾人都只注意桌子上頭，沒去注意桌子底下的構造。

「這樣可以接受嗎？」

「可以。」

羅半等人都在點頭。

「最後……」

貓貓針對白娘娘最後當眾喝下的銀色液體解釋。

「那是劇毒。我不知道她是真喝還是假喝，但千萬不可以學她。建議務必找個機會向高官說明。」

貓貓眼神嚴肅地對羅半說。

白娘娘的舞臺在數日後不留痕跡地消失了。只剩下京城商人的神祕食物中毒事件。目的究竟是什麼？那位宛若白蛇的仙女，留下此一謎團消失了。

很久以前，位高權重者一時之間對長生不死藥趨之若鶩。當時，他們服用了流動如水的白銀，卻萬萬沒想到最後會因此折壽。

那流動如水的白銀，就直接被稱為水銀。

貓貓心想，當時直接飲下水銀的白娘娘不知後來怎樣了。是佯裝喝下，還是真喝？水銀只要能維持液態從身體排出就不會形成劇毒；但如果化作蒸氣吸入，或是與其他物質結合改變形態，就會變成猛毒。

有時水銀也會用來製藥。毒物與藥物都要看如何使用。

貓貓一邊看著丹砂的鮮豔朱紅，一邊輕輕將它收進了藥櫃。

八話　適材適用

「……」

「那麼，小的失陪了。」

捎信來到藥舖的男子，辦完事就速速走人了。貓貓面無表情地看完信後，把它放進信匣裡。

信是壬氏寄來的，不過內容與平素稍有不同。貓貓雙臂抱胸偏著頭。

（這下該怎麼辦呢？）

壬氏每次總是拿麻煩事來找她，這次還是一樣麻煩透頂。畢竟由不得貓貓拒絕，看來得作些準備了。

（問題在於如何說服嬤嬤。）

正在思考此事時，小孩子亂哄哄的吵鬧聲傳了過來。只見兩個手上拎著籃子的孩子，正是趙迂與梓琳。籃子裡裝有摘來的嫩草。

（對了，他們說過想吃草餅。）

貓貓漫不經心地看著，但看到兩人直接就往廚房走，急忙抓住了他們的後頸。
「妳幹麼啊！」
「讓我看看。」
貓貓把趙迂手上的籃子一把搶來，看看裡頭的草。
「……」
怎麼會錯得這麼離譜？貓貓瞇起眼睛看著擺在籃子裡的草。
「到底要迷糊到什麼程度，才會在這附近採到烏頭？」
貓貓看向趙迂。趙迂坐在那裡生悶氣，旁邊有個一臉擔憂的姑娘。那對貧民窟姊妹的妹妹梓琳，似乎已經確定成了趙迂的手下。
「誰叫它們長那麼像。」
「……用這個作草餅會吃死人喔。」
他們似乎是摘了嫩芽來想作艾草粿，結果拿來的卻是長得很像的毒草。
（不對，這附近應該沒有這種草才對。）
貓貓都不知道有長這種草了，他們又是怎麼採來的？她覺得很不可思議。
「嗚——那是不是作不成草餅了？」
趙迂與梓琳面面相覷，露出難過的表情。

「死了這條心吧。」

「麻子臉妳昨天不是也摘了些來？分我們一點嘛。」

「那是要作針灸材料的。」

貓貓冷言拒絕後，趙迂故意噘起了嘴，梓琳也學他。貓貓毫不留情地把手指插進兩人嘴裡，拉扯他們的臉頰。

「好痛——好過分，妳太狠了吧！」

「！」

梓琳也無言抗議。

「誰過分了？你想讓綠青館食物中毒倒閉嗎？這不重要，我不是叫你不准擅自到外頭亂跑嗎？」

「左膳有跟我們一起啊，左膳也在！」

什麼？貓貓臉孔抽搐。至於左膳本人，到現在才手裡拿著布袋慢慢跑來。

「拜託不要丟下我啦——我可沒少爺你這麼年輕啊。」

講話口氣也未免太卑微了。左膳知道趙迂過去是什麼人，明明都阻止過他了，他卻還是忍不住把趙迂當成少爺看待。

「喂，左膳。都是你動作慢，害我被麻子臉罵了一頓。」

貓貓一言不發地一拳捶在趙迂頭上。梓琳驚慌失措地張著嘴，左膳嘴巴一開一合地想說些什麼，但貓貓瞪了回去。

貓貓從藥舖拿了昨天採的艾草過來。雖然有點枯黃，但形狀完好。她把艾草與趙迂採來的烏頭放在左膳面前。既然兩個小鬼講不聽，就只能教帶小孩的大人如何分辨了。

「喂，你知道這些是什麼嗎？」

「當然是艾草跟烏頭啊。」

看到左膳若無其事地一口斷定，貓貓愣愣地張著嘴。

「我本來是打算之後偷偷換過來的，真不知道小孩子怎麼都這麼急躁。」

左膳從袋子裡拿出現採的艾草，然後又從中拿出一只布包，交給貓貓。貓貓偏著頭打開布包，裡面裝著植物的根。

「這是……」

「烏頭根。我想大概是誰覺得花漂亮，就從山上帶來種，但我覺得危險所以都拔了。擺著任它枯萎太浪費了，這應該有用處吧。」

烏頭根能當成藥材。貓貓依然面無表情地，一把抓住了左膳的手。

「咦？」

貓貓直接把這傢伙帶進藥舖，然後把櫃子裡的草藥全拿出來擺好。

「這是什麼？」
「咦？不就枇杷葉嗎？」
「有什麼功效？」
「記得是止咳或止瀉吧，其他還有一些功效。」
貓貓指著下一種草藥，問同一個問題。左膳偏著頭回答，趙迂與梓琳從門口探頭張望。
該問的都問完了之後，貓貓雙臂抱胸陷入了沉思。
「大致上知道的大概占這些的一半嗎？」
「幹麼忽然問這些？」
貓貓不理會左膳的疑問。她拿起櫃子裡的書籍，交給了左膳。
（對了……）
左膳說過等生活安定下來後，要把圖鑑買回來。
「你識字嗎？」
「跟老先生學過。」
老先生說的大概就是那位再也無法恢復正常神智的前任醫官了。方才的草藥知識只要想成是向醫官學的，就說得通了。
這真是喜出望外。

「那麼，你把這些背起來！然後呢，你這陣子白天都到我這兒來。」

貓貓砰地拍了一下交給左膳的書。

「咦？」

「我會向嬤嬤與右叫解釋清楚的。」

左膳偏頭不解，貓貓親切地解釋給他聽。

「我看你好像不太擅長青樓男僕的工作啊。」

「呃，這個嘛，嗯……」

「乾脆來賣藥，應該比較合你的個性吧？」

「妳這話的意思是……」

貓貓無意放棄藥鋪這門行當，不過這藥鋪本來就只有她跟阿爹兩人一同經營，再增加一兩個藥師也不算多。她本想訓練行動不便的趙迂調配藥方，但那個死小鬼對藥方毫無興趣，成天不是玩耍就是畫畫。

既然如此，不如訓練這個男的還快多了。最重要的是，貓貓既然與壬氏有所往來，就時時得離開藥鋪，能有個備用藥師最好。

（問題在於……）

這個男的有沒有那個意願？

左膳低頭盯著書瞧。他翻開書頁，神色認真嚴肅。

「……我只是個農民喔。只是沒飯吃不得已，才會去那個城寨，字也只是跟老先生學的。藥材也都是他叫我拿什麼，我就去拿來給他而已喔。」

藥師是一門頗受器重的職業。這個男的之所以會猶豫，應該是對自己缺乏自信。長久受到旁人否定，會讓當事人的個性變得自卑。

這樣貓貓會很傷腦筋。難得擁有知識就該善加活用。

「那又怎樣？世上還有一堆人用可疑的詛咒在維生呢。想治好風寒，與其跳什麼奇怪的舞，不如讓病人保暖並服用止咳散熱藥來得有效多了。這點藥你總作得來吧。」

「呃，是作得來沒錯。可是，如果來個病情嚴重的人怎麼辦？」

「那種的醫不好就說醫不好啊。藥這種東西，治得病治不得命。與其亂開藥方，叫他另請高明就是了。多得是配藥本領比你還差的大夫。」

（例如庸醫。）

庸醫作為醫官的知識應該還算馬馬虎虎，但不懂得如何應用。他雖然是個好人，但那樣子實在不行。

「總之，就這樣決定啦。」

「怎麼平白無故的講這些？不覺得太急躁了嗎？」

「不急就來不及啊。」

貓貓想起今早收到的書信內容後，無視於愣頭愣腦的左膳，站到兩個小鬼面前。

「好啦，有閒工夫玩耍的話，還不快去把店門口掃一掃。書的內容要背好喔。」

說完，貓貓把兩個小鬼趕出店舖，然後將書籍堆在左膳的面前。

正如貓貓所料，左膳學得很快。簡單的藥方立刻就記住了，雖然不流暢，但也看得懂圖鑑的內容。貓貓把他帶到住處附近與外牆之外的田地，教會他田裡有哪些藥草。

（雖然很想把毒草也教一教……）

貓貓是覺得左膳不會做傻事，但無意教得太多。他有興趣的話自己用功就能慢慢學會了，貓貓目前只教他常用的藥方。她教到墮胎藥的配方時左膳雖然蹙額顰眉，但得知這樣比「打掉或拿掉」來得好之後就不再有意見了。總強過把娼妓泡在冰水裡或是毆打腹部吧。

貓貓也算是教過趙迂，但死小鬼絲毫不感興趣，總是一回神就溜出去玩耍。零用錢似乎也賺得很順利，最近連其他青樓的娼妓都請他去畫圖。

貓貓請左膳調配些簡單的藥方後，就拿著包裹外出了。她要把別處娼妓委託的藥送去給人家，但這時聽見了叮鈴叮鈴的鈴鐺聲。貓貓不解地一看，不曉得什麼東西從遠處衝了過來，原來是隻三花貓，在她腳邊繞圈子。

「……」

這傢伙怎麼會在這裡？貓貓不禁心想。三花貓雖然隨處可見，但項圈卻頗為精美，是絲絹加上來自海外的工藝鈴鐺。路邊野貓不可能戴著這種東西。

「毛毛，你跑哪兒去啦——」

熟悉的嗓音從遠處傳來。一名中年男子搖晃著沉甸甸的肚子，用不知算是跑步還是走路的速度靠近。

是庸醫。

貓貓抓住這隻長大不少的貓，等著庸醫慢吞吞地過來。

「小……小姑娘，好久不見了。」

庸醫氣喘吁吁，但笑容可掬地說。

「是好久不見了，不過老叔怎麼會來這裡？」

毛毛與庸醫應該待在後宮才對，不該出現在這煙花巷裡。

「呃，是這樣的……」

由於庸醫還在上氣不接下氣，貓貓回到藥舖準備了茶水。貓貓特別端上放涼的茶後，庸醫一口氣把它喝乾。

「話說老叔怎麼會來到……啊，還是算了。」

真可憐，看來是終於被掃地出門了。雖然庸醫的確不是個壞人，但完全是白領薪俸，所以恐怕是莫可奈何的。前宦官要找份新差事想必很不容易，就在貓貓打算盡力幫忙時……

「小姑娘，妳是不是有所誤會啊。」

庸醫半睜眼死盯著她。

「這沒什麼，您別介意。這種事情沒什麼不好意思。人生不如意事十常八九嘛。」

「不是，我是說啊……」

庸醫摸摸毛髮不太豐厚的腦袋。毛毛在他大腿上打呵欠。

看來毛毛還是繼續由庸醫來照顧。皇帝的女兒鈴麗公主雖然似乎不大情願，但玉葉妃如今已是皇后，離開了後宮。今後她將居住在與皇太后相鄰的宮殿，似乎多得是規則得遵守。其實不過是一隻寵物罷了，照理來講應該不妨事才是。

（如果只有皇太后的話或許會准。）

但周遭的女官恐怕不會答應。侍女也是，肯定會嫌翡翠宮原有的七人不夠而增加更多人數。

貓貓雖感到有些落寞，但沒繼續跟隨玉葉后看來果然是對的。不是貓貓要說，她自知比毛毛更會引起騷動。

「事情是這樣的。」

庸醫的呼吸總算平順下來，喝了茶。
「我長年以來頭一次獲准返鄉探親，所以打算回老家看看，然而……」
「哦哦，總算要免官歸鄉啦。」
「小姑娘，妳是故意的吧？」
庸醫一臉沒轍地說。這樣下去永遠講不到重點，於是貓貓決定挖苦庸醫就到此為止。
「那麼您怎麼會來到這兒？」
「這是因為……」
庸醫一臉不解地看著貓貓。
「人家給我開了奇怪的條件。小姑娘妳有沒有聽說什麼？」
「……請問是什麼樣的條件？」
「也不是什麼難題，好像是有個人希望半路上與我同行。是宮官長拜託我的，所以應該不是什麼奇怪的人就是了。」
然後他說約定的地點就在這裡。
（……）
貓貓想起數日前收到的信。壬氏在信上單方面地寫著他要遠行一段時日，命令貓貓同行。既沒說多久或去哪兒，也沒寫到何時要去。貓貓實在不願每次都得讓藥舖歇業，而且老鴇盯得緊，所以她才會急著教左膳調藥。

（本以為還有點時間的。）

所幸左膳學得快，貓貓也作了些藥擺著備用。

但是還有一個疑問，就是為何要與庸醫同行。這個問題就之後再問吧。

「難得有這機會，我想把毛毛帶回去讓老家養。」

與其只有庸醫一個人照顧牠，這樣的確應該比較好。庸醫可能會覺得寂寞，但原本就是因為鈴麗公主任性才養的，就這麼繼續養下去心裡也有顧忌。

「老家那邊很高興，說希望牠能幫忙捕鼠。」

十幾年沒回老家了，庸醫看起來喜眉笑眼的。記得庸醫的老家應該是造紙的，還供應宮廷使用。毛毛去了或許正好當個看守，讓老鼠不能咬紙。

「是這樣啊。」

可是，感覺路途似乎很遙遠。就在貓貓心想不知毛毛會不會乖乖跟去時……

「哇啊！有貓！」

幾名白日還沒客人上門的娼妓叫道。毛毛被她們的尖叫聲嚇到，用力抓了庸醫的膝蓋一把，就跑到藥鋪外頭去了。

「好痛！毛毛啊，你等等！」

「取的這什麼名字啊？」
娼妓邊笑邊用視線追著毛毛跑。
取了個討厭名字的貓穿過藥舖的門縫，跑向綠青館的玄關。貓貓與庸醫把腳塞進鞋子裡，急忙去追貓。
毛毛穿梭於早上剛出浴而衣衫不整的眾女子之間，鑽過整理房間被褥的男僕胯下，一路直奔食堂而去。
貓貓看見了四條短腿。原來是兩個小鬼在吃較遲的早膳。
「這傢伙哪來的啊？」
毛毛在趙迂他們的面前停住。
趙迂咬著筷子，探頭看看這隻三花貓。梓琳也直眨著大眼睛看貓。貓把前腳貼到了趙迂腳上。
「你是要這個嗎？」
趙迂用筷子夾起了魚。雖然只是用炭火烤熟的青背魚，但不用加鹽就有鹹味了。
「喵！」
貓把趙迂的魚一掌打落。
「啊！這傢伙！」

魚悲慘地掉在泥土地上，毛毛狼吞虎嚥。明明吃的都是好料，這傢伙的個性怎麼會這麼厚臉皮又貪吃？到底是像誰啊。

「毛毛，不可以這樣啦。」

庸醫氣喘吁吁地跑來了。

「這隻貓是怎樣啊！你這大叔又是誰啊？」

趙迂接著又說：

「什麼毛毛，這啥名字啊。」

趙迂看著貓貓，咧嘴笑得壞心；梓琳也壓低稱不上聲音的聲音在笑。

貓貓變得很不開心，總之先把三花貓抓起來再說。貓兒嘴裡緊咬著魚，死也不肯放。

趙迂雖然依依不捨地看著魚，但也興味盎然地看著貓。他戳戳毛毛熱呼呼的桃紅色彈嫩肉球，「哦哦！」兩眼都在發亮。

總之貓貓先吩咐趙迂他們不要讓毛毛溜走，就交給他們看著了。貓貓沒忘記請一名男僕注意一下，所以他們應該不會做出什麼調皮搗蛋的事來。

回到藥舖後，貓貓問庸醫整件事的主旨為何，於是他一邊把玩鬍鬚一邊說起：

「妳知道我的老家在造紙吧？」

「知道。」

「其實我這次回去，就是因為這件事有些問題讓我掛心。」

以前庸醫的妹妹曾經寄過信來，說是紙質變差了。那件事應該已經解決了才對，難道說又出現了新的問題？

「我就是為了此事告假，但有位大人物好像想看看我家村子。」

關於造紙，壬氏從宦官時期就做了一些措施。也許是覺得可趁此機會實地觀摩，才決定跟去？話說回來，不知道這次又出了什麼問題。

「信上寫了些什麼呢？」

「呃，在這兒不便開口。」

庸醫顯得有些尷尬。

「就容我到了當地再解釋吧。」

「……明白了。」

彷彿算準了貓貓答應下來的時機，外頭傳來了馬嘶聲。

來者是一名穿著土氣的青年。雖然五官端正，但右頰有燒傷痕跡，是個面有陰影的男子。貓貓一看就認出了這名把瀏海放下遮住燒傷疤痕，散發出陰暗氣質的人物。

（真有一套。）

此人正是以前某人從綠青館召集眾多娼妓設宴之際，出現在現場的客人。那個對娼妓不理不睬，只顧喝酒的客人就是壬氏。他用燒傷掩飾臉頰傷疤，去除平素光彩奪目的印象，怎麼看都不像是同一人。以前貓貓教過他如何喬裝易容，如今被他拿來加以巧妙應用。貓貓若不是看過他陰沉的一面或是變裝易容之姿，想必也不會察覺。

事實上，庸醫面對體貌閒麗的貴人，卻瞇起眼睛充滿戒心地看著他，一副渾然未覺的模樣。

「準備好了嗎？」

喬裝易容的壬氏不動聲色地退後，改由馬閃對貓貓說話。馬閃的衣服質料比壬氏高級，而且壬氏的態度就像個隨從。可能是因為如此，馬閃略顯侷促不安。不過貓貓也有種感覺，認為他一半是怕被白鈴小姐瞧見。

「這麼火急，要小女子如何準備？」

的確，貓貓數日前就收到信了，但信上並未寫明詳細時日。她什麼都還沒準備。

「這是不得已的，有很多時期需要考量。妳的行囊我們這邊已經準備好了。」

的確，看壬氏的穿著就知道是微服私行。而這次以微服私行而言可能會曠日彌久，行程稍微趕一點也可以理解。可是，竟然連女子的替換衣物都準備了，馬閃究竟知不知道自己在說什麼？

話說回來，是不是親弟弟不知道，不過皇帝也真會使喚人。除了後宮公務想必還有待交接，其他應該還有很多事務等著他去頭痛。或許是職責所在無可奈何，但這樣簡直像是……

（簡直像在培植儲君……）

想到這裡，貓貓放棄了思考。

眼下玉葉妃……更正，玉葉后產下的皇子已是東宮太子。而且梨花妃也產下了男子。

皇帝年方三十多歲，還是個春秋正盛的偉丈夫。只要不出事，應該能活到東宮長大成人才是。貓貓決定不去做危險的想像。

九話　造紙村

乘馬車走兩日，位於京城西南方的村莊就是庸醫的故鄉。聽說村子位在山麓的森林旁邊，順著將國家分成東西兩邊的大河源流走就到了。雖然沿著河邊有水道，但田地裡生長著像是雜草的植物。

見貓貓盯著瞧，長舌的庸醫解釋給她聽。他聲音放低，可能是顧慮到坐在斜前方的馬閃。馬閃身旁坐著壬氏，但庸醫渾然不覺。

「那是麥子啦。」

「麥子啊。這兒的灌溉做得真確實呢。」

田地周圍挖了水道。貓貓偏了偏頭，覺得種植小麥似乎用不到這麼多水。毛毛在貓貓的腳邊打轉。牠好像在籠子裡待膩了，有時跑到庸醫大腿上打滾，有時又探頭看看窗外。牠似乎認得壬氏，偶爾會在他腳邊嬉鬧。

馬閃可能是沒應付過貓，一直躲著。這男人不擅長應付的東西還真多。

「那是夏季稻作用的。在這兒啊，一年之間是稻麥二熟喔。」

「原來如此。」

「因為水稻即使與其他作物種在同一塊土地上，也不會讓土地貧瘠。」

一年之內耕種兩次作物，相對地會讓土地失去更多養分。但是水田由於有水帶來養分，因此土地不易貧瘠。要有豐富的水資源才能採用此種農耕法。

越過農田後就漸漸看見了森林，附近有座村莊。

「此處土地還滿肥沃的呢。」

感覺既然土地如此肥沃，似乎不用特地造紙也能糊口，誰知其中有著諸多限制。

「因為我家遷徙到此地時，平地已經都歸別人了。多虧於此，大家都放著林子裡一堆樹木不去砍。」

附近有山地湧泉流至此處，讓森林裡生長著可作為紙張原料的樹木。雖然難以大量生產，但庸醫的家業以高品質為賣點，結果成功了。而且地處河岸，利於貨物運輸。

庸醫說家裡生產的商品與當地不衝突，跟居民原本是相安無事。

「我家當年來到這兒時，地主是個好人。」

只是有件事讓貓貓在意。

貓貓與踩踏麥子的農民對上了目光。那人好像對用力踩踏麥子的動作心懷怨恨似的，看向貓貓的目光莫名地尖銳，而且感覺有些陰鬱。

貓貓假裝沒發現，繼續隨聲附和庸醫說的話。

到了村莊，一位約莫四十歲的大娘前來相迎。柔和的雙眼與微微下垂的眉毛與庸醫十分相似，想必是庸醫的妹妹了。

大娘從庸醫手中接過了貓，瞇起眼睛撫摸牠柔軟的毛。這事之前應該先提過了，只是貓貓他們好幾個人像附帶的一樣跟來，讓大娘不解地看著他們。

「哎呀，這不是哥哥嗎？你回來了。」

「我回來了。」

庸醫乍看之下神情鎮定，眼中卻泛著淚光。十幾年沒返鄉了，會有這種反應很正常。

「我想去上爹爹他們的墳。」

可能是在庸醫待在後宮的期間亡故了。庸醫吸了吸鼻子。

「好，我知道了。不過比起這事……」

大娘稍瞄了貓貓等人一眼。

「這幾位是跟哥哥來的？」

她偏著頭對貓貓他們說。那神情就像是個考慮晚膳要煮什麼的主婦。

「哎呀哎呀，是這樣呀，原來是官府的上司與幫手呀。怎麼不早點跟我說呢？」

（我成了幫手啊？）

庸醫的妹妹說完，好像又說了自己的名字，但貓貓覺得這名字有些陌生，老實講她記不住。嗯，不得已，就稱呼她為庸大娘吧。幫手這個稱呼一半對，一半錯。至於上司這稱呼其實也怪怪的，但反正馬閃沒說什麼，應該無妨吧。

庸大娘把菜一盤接一盤地端上長桌。有香草蒸河魚、蒸籠裝的包子與金黃色的炒飯，令人垂涎三尺。以緊急湊數作出來的而言，稱得上一桌好菜。

她特地為毛毛準備拌了魚肉的粥。毛毛分明只是隻貓，卻厚著臉皮大口吃飯，甚至還伺機想對桌上的魚下手。

「我差點以為哥哥你明明是宦官，卻帶了這麼年輕的媳婦兒回來呢。」

「哈哈哈，這是什麼話。」

「就是啊。」

在輕鬆閒聊的對話中，傳來飯碗喀鏘的碰撞聲。一看，是壬氏弄掉了盤子。

「哎呀糟糕，我給你準備新盤子喔。」

庸大娘對形貌詭異的燒傷男子並沒有半點蔑視。貓貓是覺得既然把他當隨從，讓他在馬車上吃乾糧就行了，但馬閃恐怕不會答應。難得喬裝打扮得如此完美，只希望別因為奇怪小事而露餡就好。

當菜餚擺滿了整張長桌時，庸大娘的家人都來了。有一名頭上綁著手巾的中年男子，以及兩名年輕男子。中年男子是大娘的丈夫，另外兩人該是兒子了。

「大舅子，好久不見了。」

丈夫拿下頭上的手巾，對庸醫恭恭敬敬地打招呼。庸醫笑瞇瞇地回答：「好久不見了啊。」接在丈夫後頭，一名年輕男子過來打招呼。但另一名年輕男子不理會庸醫就坐上椅子，開始大口扒起飯來。

「喂，招呼也不打，就顧著吃飯啊！」

大娘瞪著兒子。

「大哥……」

另一名年輕男子也用一種難以言喻的感覺看著他。原來這個是弟弟，態度較差的則是哥哥。

庸大外甥掰開熱呼呼的包子，放進嘴裡。包子包的是豬肉餡，看得貓貓口水直流。

「叫我尊敬舅舅，但不就是個好幾年沒回來的宦官嗎？幹麼現在又把他叫來啊，而且還帶了一堆客人來。」

聽到這番話，庸醫一如平素，垂著眉毛面露困窘的笑臉。雖然他習慣了因為宦官身分而被人明擺著瞧不起，但被外甥這樣對待，心裡頭想必很難受。
貓貓也變得多少有點不開心，決定說什麼也不讓這個外甥吃好料，一屁股坐到椅子上。
「涼了就枉費大娘好意了，小女子開動了。」
說完，貓貓看外甥想夾什麼菜就搶什麼吃。
毛頭小子又是哀叫又是瞪著貓貓，但她才不管那麼多。貓貓認識很多比這傢伙更強壯的男僕或武官。馬閃原本好像想說些什麼，但看到貓貓的態度之後，似乎決定冷靜以對。就這點而論，壬氏當空氣當得很巧妙。
大娘似乎也一肚子氣，端粥與湯給眾人時硬是少了大兒子那份。丈夫與小兒子都秉持多一事不如少一事的態度，當作沒看見。
可能是被家人的態度惹惱了，大兒子又拿了一個包子，就三步併兩步走出去了。
他離開飯廳後，妹夫邊抓頭邊對庸醫低頭道歉。
「真對不住。那傢伙根本不明白大舅子為了我們村子費了多少心力。也不知道顧慮一下您的頂頭上司。」
「沒事，我不會往心裡去的。這種事我習慣了。」
庸醫嘴上這麼說，卻似乎對馬閃有所顧慮。貓貓用腳尖輕踢他一下，馬閃才猛一回神。
「沒有的事，我們才是不該臨時來訪。」

看來他好歹還會講點客套話，貓貓這才放心了。當然一方面想必也是因為壬氏一直死瞪著他。

「那就好。」

庸醫一邊津津有味地喝粥一邊說。

庸醫說「習慣了」的時候似乎並沒特別放在心上，但庸大娘聽了卻一臉心痛。記得庸醫本是為了不讓庸大娘被賣進後宮，才會代替她成為宦官的。庸醫的爹娘應該也重視兒子勝過女兒才是。

「這事先擱一邊，你們其實應該有事想邊吃飯邊說吧？」

「……」

對於庸醫這句話，家人都沉默無語。這可能就是庸醫回鄉的理由了。

貓貓反正都只負責聽，因此打算繼續吃她的飯。蒸魚的鹽放得恰到好處，香草也用得妙，美味可口。貓貓希望晚點可以請大娘教自己如何調味。

妹夫放下筷子看向庸醫，然後緩緩低頭。

「聽說大舅子是為皇帝老爺之子接生的名醫。所以，我們有件事想拜託皇帝老爺。」

「啊！」

（接生是吧。）

負責接生的其實不是庸醫而是貓貓的養父羅門，不過照這庸醫的個性，肯定是在信上誇大其辭了。貓貓還沒殘忍到要去戳破他的謊言。馬閃臉孔略為抽搐，壬氏目光飄遠地旁觀。

然而——

庸醫眉毛垂得更低了，放下了筷子。

「我還沒不懂分寸到敢要求聖上聽我說話啦。」

「可你不是幫助過皇帝寵妃生下龍子嗎？」

著實強人所難。縱然是達官貴人，也只有少數能獲允在皇上面前發言，要是敢向皇上當面陳情，搞不好還會丟掉腦袋。

貓貓曾獲得幾次與皇帝交談的機會，但都是因為皇帝准她發言。玉葉妃也成了皇后，不再是嬪妃了，貓貓很難與她取得聯繫。

再這樣下去，庸醫可能會難以推卻而勉強答應下來，於是貓貓代替他說話。因為要是等到馬閃胡亂開口，事情只會更麻煩。

「前一任後宮醫官，曾於行醫時無故遭到問罪，被處以肉刑，逐出後宮。」

「！」

「根據傳聞，原因是醫官知道了不該知道的事。」

雖然說的是阿爹，但有一半是真話。貓貓有點擔心或許不該說這麼多，不過馬閃與壬氏都沒作聲。他們沒對貓貓作出什麼奇怪的反應，讓她鬆了口氣。

「嗚！」庸大娘他們臉孔都扭曲起來，然後頓時變得垂頭喪氣。庸醫見狀，著急地揮著手挺出上半身。

「呃不，皇帝老爺是恐怕沒辦法，但或許有其他人可以聽我求情。先說說看是什麼事吧。」

庸醫語畢，大娘與她丈夫偷看了對方一眼。貓貓覺得自己待在這裡可能會礙事，但難得有這機會，她想從頭到尾聽完。壬氏他們似乎也與貓貓有相同想法，沒有要離席的樣子。

「就請兩位說來聽聽如何？雖然不知道我能幫上多少忙。」

馬閃開口了。這話本該由壬氏來講，大概是代替他說的。庸醫見狀，便點了個頭。

「這幾位都是有人品的人。」

庸醫難得如此懂得察言觀色。

庸大娘遲疑著開了口。

「那就……」

說完，她開始傾吐。

「是關於這村子的地權。」

她說這座村莊的土地是租來的。據說是附近地主因為沒在使用，於是便宜借給他們，不過隨著居住的年數漸久，雙方開始商議買地。當時的地主是位大度量的老爺，據說與這兒的村民關係融洽。

誰知數年前地主過世，換成兒子當家後，事情頓時生變。

這新地主不同於前地主，討厭外人。不只如此，據說他還有點看不起工匠，對區區紙坊能成為宮廷御用作坊心有不滿。

聽說以前紙的品質下降時，他頻頻來到村裡討債。

村莊與前地主白紙黑字，約定二十年就交出村莊土地與森林。金額也寫得清清楚楚，按期付款從未拖欠，然而——

「新地主動不動就來找麻煩，說『你們把水弄髒害得稻米產量減少』，又說『水太少不夠種稻』。」

二兒子一臉受夠了的表情說。

「然後，這次又比任何一次都來得嚴重，說什麼快點付錢，否則就要咱們滾出這塊土地。」

付款限期還有五年。他們實在無法一次支付五年的錢款。

對方是大地主。如同貓貓贏不過老鴇，他們想必也一樣不敢逞強。

「如果要離開，宅子與工具都得留下。也不知得花上多少時日才能找到新地方。」

「對方似乎是打算直接占了咱們的村子，讓他們自己來造紙。」
「為何要這麼做？術業有專攻啊。」
庸醫的小鬍子微微飄動著說。腳邊閒下來的毛毛看著鬍子，屁股蠢動著想撲上去。
「這是因為……」
大娘一邊搖頭一邊說。
「今年的糧稅忽然加重了。」
「而以咱們來說，造紙稅從前年就開始降低，更是讓地主不高興。」
（是這麼回事啊。）
紙稅降低，可以看出想讓紙普及以提昇識字人口的意圖；糧稅也是，想必是考慮到這塊二熟制的土地從收穫量來看即使增稅也不至於民不聊生，而且可以充當今後的儲備。
貓貓偷瞄壬氏他們一眼。乍看之下神色平靜，其實有些坐立難安。
（大概是蝗災的對策吧。）
將富庶土地生產的米糧送到災情嚴重的土地，可以減少饑饉人口。貓貓明白這是壬氏等人的應對政策，也不認為這樣做有錯，但是被增稅的當事人卻吃不消，會想挖其他地方來補。
而他們的矛頭就像這樣指向了這座村莊。

但就如同庸醫說過的，貓貓覺得他們即使得到了這座村莊，也不可能輕易就造出紙來。除了製造方法，還要有某些知識與經驗才能做出好紙。

「然後那小子又讓咱們頭痛。」

妹夫說的「那小子」想必是方才那個態度惡劣的兒子了。

「那小子因為一點原因，比較偏袒這兒的農民。」

「哦，哥哥他啊……」

作弟弟的尷尬地笑著。

「該怎麼說呢？真的是看不清事理。」

講話口吻有點曖昧。

「說來丟臉，那小子沒念書，覺得所有叫作官員的都是同一種人。」

所以一定是把宦官與增稅的官員混為一談，才會拿庸醫出氣。

「而咱們想拜託大舅子的事情……」

就是想請庸醫懇求皇上減稅。

（辦不到。）

即使壬氏人在這裡也辦不到。朝令夕改會形成社稷動盪的原因。若是生活困頓到沒飯吃還另當別論，但狀況看起來沒糟到那地步。

庸醫也顯得很傷腦筋。沒錯，庸醫無能為力。毛毛站在庸醫大腿上用前腳逗弄搖晃的鬍鬚。下頷留下了抓痕。

「畢竟我只是一介宦官。」

聽到庸醫消極的回答，眾人垂頭喪氣。妹夫雖然神情沮喪，但仍開口說：

「那麼，咱們明天跟對方要談判，可否至少請大舅子跟咱們一起去？」

「這點小事不成問題。」

庸醫瞄了貓貓一眼。貓貓又同樣拋給馬閃一個眼神。

「可否讓我也一同前往？」

馬閃詢問。他裝出一副不知情的模樣，實際上卻是當事人，想必心裡頭非常介意。

「我想以第三者的身分與會。」

「這……」

妹夫欲言又止。八成是覺得即使他們答應，對方也不會同意吧。

「我只會站在後頭，不會插嘴。對方如果有意見，我來跟他們講清楚。」

馬閃言畢，妹夫雖顯得有些困惑，仍點了點頭。

「我也會跟去的。」

庸醫也說。

來。

（雖然鐵定幫不上任何忙。）

貓貓一邊心想「不知道我能不能也順便跟去」，一邊把對庸醫施展貓爪功的毛毛捉起來。

庸醫的老家由於村長是庸大娘的丈夫，宅子大到能讓客人留宿。一行人原本預定在官道上的客棧住宿，結果就直接在庸醫的老家叨擾了。

他們為貓貓準備了一個小房間，庸醫住妹夫的房間，壬氏與馬閃則是寬敞的客房。另外還有幾名護衛都一塊住進了廂房。家裡在交貨限期將至時，有時會僱用短工，有足夠的寢具讓大夥兒住宿。

由於眾人是客人，庸大娘他們說要為大家準備入浴，但馬閃表示不好意思受他們這麼多照顧，就拒絕了。坦白講，貓貓很想洗個熱水澡，但他既然這麼說，貓貓只能聽從。想必是壬氏偷偷下的指示。

貓貓請人將水盆拿到房裡，用手巾擦身子。由於天冷，她只是擦擦汗，不過頭髮有點油了所以洗一下。貓貓只取一瓢熱水裝進桶子裡用來洗髮。她將拆開的頭髮浸入桶子裡，弄得夠溼之後抹上沐髮露，一邊慢慢按摩頭皮一邊洗去髒汙。

沖掉泡沫後，貓貓用手巾包住頭髮吸乾水分。由於腳冷，她把腳泡進還有熱度的水盆裡。當頭髮都擦乾了的時候，門扉傳來咚咚敲門聲。

「哪位？」

貓貓出聲應門，但外頭沒傳來任何聲音。貓貓狐疑地從門縫探出頭去，只見臉部燒傷的詭異男子站在那兒。

「……」

貓貓默默地開門，讓詭異的男子壬氏進房。由於她方才正在擦澡，窗戶是關上的，而且這個房間隔壁就是壬氏等人的房間，跟再過去的房間則有一段距離。

「總管可以放心說話不要緊的。」

「妳剛才在入浴？」

發出的依然是漱玉鳳鳴似的嗓音。看來他這次沒弄壞嗓子讓聲音沙啞。一直沒說話想必就是為了這原因。

「只是洗了頭髮。抱歉在總管面前有失莊重。」

貓貓邊擦溼漉的頭髮，邊把熱水盆拿到房間牆邊。房間窄小，只有床鋪能供人坐下，貓貓站著看壬氏。

「妳怎麼不坐？」

「因為小女子頭髮溼著。」

貓貓一邊投以拐彎抹角的「你來幹麼」的視線，一邊說。

壬氏一邊撫摸右頰的燒傷疤痕，一邊從懷裡掏出一只布包。

「孤想把這卸了，妳能仿造這個妝嗎？」

布包裡裝了紅色顏料、漿糊與白粉。漿糊是以白米仔細搗成，有點乾了。仔細一瞧，壬氏的傷疤變淡了些。即使天冷還是會流汗，而且躺下總是會摩擦到。

「應該可以。」

只要用溶入顏料的漿糊替皮膚做出皺紋，再拍上白粉就能作出個樣子了。再來只需打上陰影讓臉色變差即可。

「那就有勞了，先替孤卸了吧。」

說完，壬氏把手巾泡進熱水盆裡。

（啊……）

「怎麼了？」

「我請人準備乾淨的熱水。」

「不了，別給人家添麻煩，用這就行了。」

貓貓悶不吭聲地看著水盆。雖然看起來沒有很髒……

「怎麼了？」

「不，沒什麼。」

那水不但洗過頭髮還洗過腳，但或許不用說那麼多。反正本人看起來也不在意，貓貓決定就當作不需要重新索取熱水。

貓貓用浸溼的手巾為壬氏擦臉。原本是條全新的棉布，如今卻被顏料與醬糊弄得黏答答的。一想到又紅又髒的手巾就算洗也洗不掉，就覺得很浪費。早知道就拿塊破布給他擦了。

壬氏似乎覺得溼手巾的觸感很舒服，闔著眼睛任由貓貓擦拭。看他這麼沒戒心，會讓貓貓擔心他哪天會不會笑著被人割斷脖子。

（忘記足癬會不會傳染到臉上了。）

先聲明，貓貓沒得足癬。

漿糊溶化，露出壬氏的裸肌。肌理細膩的膚質未見衰退，而將臉頰一分為二的傷疤也依然留存。雖然傷疤還有點泛紅，不過想必會隨著時日過去而慢慢消散。只是，一輩子都不會痊癒了。

「壬總管。」

「怎麼了？」

「您為何要順道造訪太醫的老家？」

還特地帶著貓貓。

「路過罷了。難得有這機會，就想看一看。」

「路過……」

也就是說，回程會花上更多時日了。

（真不曉得要去哪兒。）

「如此正好，讓孤得以觀察到增稅的反應。」

「的確。」

每年收稅之際，都會觀察當年的作物收穫量，然後應該會比照人口，徵收百姓負擔得起的稅賦。然而那終究只是數字，不能偏聽偏信。

「再說，此地有件事令孤稍稍掛心。」

「什麼事呢？」

「孤是不甚明白，不過一聽到妳的堂兄撥著算盤說有事掛心，自然會覺得事情不太對勁了。」

羅半對數字的執著非常人所能及。那個怪人總是不惜日夜操勞以竭力追求更美的數字，如果那傢伙向壬氏進言，表示其中必定有些問題。

「他說這數年來的稻米出貨量不對勁。」

羅半雖是個怪人，但在這方面卻是掛保證的。

「不過，真沒想到會當場碰上這種事。今後孤有意致力於造紙業，若是工匠變成外行人就傷腦筋了。」

壬氏不是來遊山玩水的。明明如此認真地處理公務，貓貓卻用洗腳水給他擦臉，真是過意不去。

壬氏可能是漸漸有了睏意，姿勢越坐越歪，最後索性躺到了床上。貓貓一邊暗自嫌麻煩，一邊坐到床上細心撫摸壬氏的頭髮。明明沒有焚香，卻聞到一絲恍若花香的芬芳。這人的體質究竟有多接近天上仙女？

「要小女子現在為您上燒傷妝嗎？還是早上再上？」

「現在上吧。」

半夢半醒的聲調，比平素更加煽情。貓貓一面心想「要是就這樣把他扔出房間，肯定是慘不忍睹」，一面用指尖調勻漿糊與顏料。她加點水調整黏性，逐步抹在傷疤周圍。

（不知道是誰想出來的。）

這麼做還挺像真正傷疤的。雖然怕碰水，不過這個季節天乾物燥，很少下雨。

「馬侍衛不肯為您做這些嗎？」

「那傢伙手沒這麼巧。」

「您就是為了這事才帶小女子來的？」

眼。

「不只這事。」

壬氏似乎很喜歡貓貓撫摸他的肌膚。貓貓用指腹將漿糊塗平時，他就像嬰孩般闔上了眼。

「請您別睡著了。我會在您睡著之前請馬侍衛過來。」

「叫那傢伙來，他又能拿我怎樣？」

恐怕是不能怎樣吧──貓貓心想。不同於父親高順，馬閃做事還不夠靈巧。坦白講，貓貓總覺得他能力不足以勝任壬氏的副手。

「您為何選上馬侍衛擔任副手？」

貓貓禁不住說了出口。一方面也是因為一陣子沒見到高順，有點缺乏療癒。那個中年人偶爾表現出的詼諧讓貓貓很是懷念。

壬氏被貓貓這麼一問，緩緩睜開了眼睛。宛若黑曜石的眼瞳有點閃爍不定。

「……呃，別看那傢伙那樣，嗯，他在他能力範圍內還是做得很好喔？」

「不覺得講到後來愈來愈含糊了嗎？」

壬氏會不會因為是奶兄弟的關係，而對馬閃比較偏心？不，也許光是待在壬氏身邊而不會想入非非，就已經算是人才了。

壬氏的燒傷已經完成，貓貓想把黏答答的手洗一洗。不過，她忽然起了個念頭，用乾淨的手從行囊裡拿出代替鏡子的銅板。貓貓一邊攬鏡自照，一邊試著把漿糊塗在嘴巴周圍，用一張鬼怪般的醜臉咧嘴擺出怪相。

「真是不堪入目。」

壬氏嘴上這麼講，卻笑了起來。貓貓心想反正洗掉就是了，於是得寸進尺起來，往眼睛或臉頰等處亂塗一通。銅板映照出一張詭異臉孔，簡直活像殭屍。

壬氏似乎被戳中了笑點，壓低聲音在發笑。很抱歉得讓他受更多苦了，貓貓靠近過去想給他臨門一腳。

這時——

「我進來了！」

傳來咚咚敲門聲的同時，馬閃的聲音響起。還來不及阻止，門就被打開了。

馬閃瞬大的雙眼，看到的想必是壬氏抱著肚子叫苦，以及貓貓滿臉滿手一片血紅逼近他的模樣。

「……」

「……」

下個瞬間，貓貓把手巾塞進馬閃正要喊叫的嘴裡，壬氏壓倒了他。自從貓貓與壬氏相遇以來，兩人還是頭一次這麼有默契。

翌日，貓貓也跟著前往談判的地點。

地點在那大地主村子裡的一間館子，離造紙村不算太遠，走路用不到半個時辰。

煞風景的館子蓋得還算大間。本來想必做的不是當地村民而是來往官道的旅客生意，因此似乎也兼營客棧。昨晚若不是在庸醫老家留宿，應該就是住這兒了。

貓貓這邊有庸醫的妹夫與他兩個兒子，還有住在村子裡的三名壯年男子。再加上庸醫、貓貓、馬閃與壬氏這幾個多出來的，總共十人。貓貓擔心一旦發生鬥毆，不知道馬閃能不能好好保護壬氏，不過壬氏似乎有點本事，應該有辦法脫困。

相較之下，對方有十五來名身形魁梧的中年壯漢，當中穩坐著一個派頭十足的鬍子中年男子。

館子的老闆與老闆娘一臉厭煩地看著那一幫人。他們大概是覺得整件事情畢竟強人所難，搞不好會上演全武行才選在這種地方，但卻是給店家平添麻煩。

庸醫渾身發抖。除了店裡老闆娘之外，女子就只有貓貓一人，因此顯得非常突兀。不巧的是眾人似乎都對雞肋般的瘦姑娘沒興趣，不是偏著頭一副「怎麼會冒出這麼個丫頭來？」的樣子，就是嗤之以鼻。

貓貓費了好大一番勁才能跟來。

因為庸大娘勸貓貓別跟來，說她無論外觀如何，好歹也是個未出閣的，要是有個閃失就不好了。最重要的是根本不合場合。

她話雖這麼說，但庸醫卻窩囊地看著貓貓，貓貓也很想知道那個什麼地契的內容。不得已，她只好隨便找個藉口。

「小女子認識一名熟知這方面事務之人，能否讓小女子將此事轉告那人？」

她說。

聽到「這方面事務」，大娘可能以為對方是刑部尚書，不情不願地答應了。事實上，她所謂這方面的熟人正是同行的壬氏等人，但這就不用明說了。

就這樣，貓貓坐在稍遠的位子上，向店裡老闆娘要茶喝。這裡可能還兼營酒肆，酒香撲鼻讓貓貓很想來一罈，但是就克制一下吧。壬氏與馬閃也坐在同一張桌子旁。

「喂，妳幹麼也硬要跟啊？」

馬閃重講了一遍貓貓方才已經跟庸大娘扯了老半天的話。有意見幹麼不趁剛才一起講？

「是太醫拜託小女子的，不跟來他豈不是太可憐了？」

「妳這種講話口氣……」

馬閃似乎有話想講，但庸醫從方才就一直在偷瞄貓貓，於是他也不再說什麼了。

「話說回來，這店鋪不大，酒倒是挺多的。」

馬閃環顧四周。酒類雖在架子上一字排開，不過招牌似乎是桶裝的濁酒。廚房那邊有大木桶，看得見裡面裝有白色的酒。京城多偏好清酒或蒸餾酒，因此濁酒給人典型的土酒印象。大概是架上的酒賣給羈旅，桶裝酒則賣給當地居民吧。

正當貓貓的注意力被酒吸引去時，對方也沒閒著，已經開始談判了。

「錢準備好了沒有？」

果不其然，派頭十足地坐著的鬍子中年男子，嘴裡吐出彆腳戲子臺詞似的話來。男性地主的身邊盡是些搞不清楚是佃農還是保鑣的粗壯莽漢。

大娘的丈夫雖然也是壯碩體格，但貓貓怎麼看都覺得是寡不敵眾。她環顧四下，看看當演變成全武行的時候能往哪裡逃。

「限期應該還沒到才是，能不能請地主再想想？」

大娘的丈夫神色嚴肅地說。地主與丈夫之間放著一張紙，那應該就是地契了。

「我沒那多餘精神去考慮。我家也不是做善事的，付不出來就只能請你們走人。」

毫無轉圜的餘地。恐怕是已經被這樣講過好幾次了。

「咱們也想給你們圖點方便，所以才說願意等到明年啊。只是這段期間，想跟你們請教點學問。」

（說的比唱的好聽。）

要麼現在滾出去，要麼明年之前滾出去。就算討到了寬限，那也是用來把自家技術傳授給他們的期間。

既找不著往後的定居之地，就算選了後者又只會讓技術外傳。對方恐怕是打算連宮廷御用作坊的招牌一併侵占，只是換一批人來做。

雖然令人氣憤，但一般來說這樣對方是無法得逞的。最重要的是證據就擺在桌上。

可是，貓貓覺得奇怪。與其特地讓農民學新活再把他們攆走，拿債款當藉口逼他們幹活不是比較省事？難道他們就這麼討厭外人？

貓貓看看中年人，只見他憤憤地看著造紙匠。特別是瞪兒子好像瞪得特別凶。

貓貓碎步走到大娘的丈夫背後。庸醫就在旁邊抖動著鬍鬚。馬閃在對面瞪著她，像是在問「妳在做什麼！」，但貓貓沒理他。

地契雖是十多年前寫的，紙質卻完好如新。若是劣質品的話，不出數年就會變得破破爛爛了。上頭寫著二十年繳清地租，以及每月的償還金額。最後還不忘蓋上代替簽字的花押印印章。

分明有這麼清楚的字據，對方怎麼還能如此大搖大擺的？就在貓貓偏頭不解時，小兒子偷偷把事情告訴她。真是個體貼的男子，不像他大哥。

「對方聲稱地契無效。」

然後又說地契上的文字是代筆人寫的。

「不是有花押嗎？」

「花押是真的沒錯，可是……」

他說前一位地主不識字。

「他看不懂內容？」

貓貓詢問道。她偏著頭，覺得這樣有點奇怪。既然是地主，總會需要看一些佃契之類的文書，最重要的是應該受過這類教育才是。

「因為他是招贅的女婿。」

（啊！）

貓貓會過意來了。若是贅婿就能理解了，原先想必是一位勤勞的佃農。若是如此，家裡自然不可能供應他讀書，當了女婿之後就算想學，也很難有那機會。

「以前這類事宜都不是找代筆人，而是由夫人代勞，不過……」

這份地契似乎是在夫人過世後簽下的。

（哦——）

貓貓很想相信地契是真的。既然小兒子說花押印是真的，那麼應該也的確是當著前地主的面立的契。

「不能找代筆人跟見證人來對質嗎？」

「偏偏兩人都過世了。」

地契立於十五年前，兩人都年事已高。

（真的是亂七八糟。）

貓貓正在抓頭時，地主繼續把無從選起的兩個選項擺在庸醫妹夫面前。周遭的農民都在不懷好意地竊笑，幾個造紙匠孤立無援。

不過，只有那個長男神情複雜地咬著嘴唇。

「你們不願現在馬上走人，那我也沒辦法。明天我就派我家的年輕小夥子去你們那兒幫忙做事。你們可得在年底之前讓他們學會做活啊。」

造紙匠們拳頭都在發抖。庸醫跟是跟來了，但果然只會呆站著，幫不了什麼忙。

只有貓貓淡定地觀察周遭狀況。那些酒仍然讓她十分在意。她希望晚點可以喝一杯，不過在這狀況下喝酒就未免太不識相了。

然而，地主那邊卻心情愉快地開始叫酒。

「喂，也給這幾個傢伙上酒。」

地主大方請客讓跟來的眾農民歡天喜地，相反地貓貓這邊卻像是辦喪事。老闆娘不情不願地用托盤端著酒與酒杯過來。

貓貓抽動了幾下鼻子。

（奇怪？）

貓貓看看農民酒杯裡的液體。不是濁酒，是透明的清酒。男性地主喝的更是琥珀色的液體，看得出來是蒸餾酒。看來地主有著好酒量。那應該是放在架子上的酒了。

地主的話貓貓能理解，他當然會喝自己喜歡的酒。但是連佃農都請喝清酒，也實在太慷慨了。明明這間館子裡多得是再差一級的濁酒。

（……）

貓貓雖覺得對一臉厭煩地上酒的老闆娘不好意思，仍舉起手叫她過來。

「什麼事吩咐？」

「請給我一杯跟那一樣的酒。」

「好吧。」老闆娘端了酒來。

「小姑娘，都什麼時候了……」

不只庸醫，連大娘那造紙的丈夫與工匠也都無法苟同地看著她。當然，馬閃也不例外，只有壬氏比個手勢，叫貓貓替他們倆也叫一杯一樣的。

（會過意來了吧？）

貓貓替壬氏與馬閃也叫了一杯。

貓貓把酒一飲而盡，味道香甜順口。雖然沒有京酒來得清澄精緻，但也別有風味。只是相較於圓融的口感，酒精濃度卻很高。

如果難以入口的話，倒還能解釋得通。貓貓伸舌舔舔嘴唇。

不情願也得讓麻煩客人上門的館子，加上店裡的大量濁酒。然後再加上地主雖然蠻橫霸道，卻請農民喝不是濁酒的酒。

（哦——原來如此啊。）

貓貓看向一臉傻眼的妹夫。

「請問這附近有沒有酒坊？」

「……不，我想沒有。」

「我想也是。」

貓貓滿意地歪唇一笑，拿起裝了酒的杯子，站到熱鬧哄哄的地主等人面前。貓貓把酒杯用力往桌上一擺，臉上浮現一如猛禽的笑意。

「幹什麼啊，小姑娘，要給我們斟酒嗎？」

地主一露出瞧不起人的笑臉，眾人頓時哄堂大笑。

「小……小姑娘！」

庸醫抓住貓貓，苦苦問她這是做什麼。馬閃原本也作勢要站起來，但壬氏似乎悄悄抓住了他的衣襬，他又坐了回去。
貓貓笑著對地主說：
「要不要與小女子比比酒量？」
說完，貓貓輕拍了一下自己的身體。
「竟然說要比酒量，可還真大膽啊。」
地主對著出現在眼前的自大姑娘說。農民放聲大笑，幾個造紙匠無不傻眼，庸醫只會慌張。只有習慣了貓貓每次行事作風的壬氏，緊緊抓住了馬閃不讓他動。
「喂，妳是認真的嗎？」
妹夫與其他人擔心地看著貓貓。
「不會有事的。先別說這了，可否告訴小女子債款還剩下多少？」
「……每年一千銀子，今年已經付了一半，所以還剩四千五百。」
嗯，這不是找上錢莊就能輕易借得的款項。他們雖是御用作坊，但不適合大量生產，無法輕易賺到大筆金銀。
「這樣呀。」
貓貓一屁股坐到了椅子上。
「難得有這機會，不如來打個賭如何？」

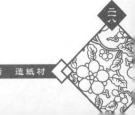

「竟然要打賭，口氣可真大啊。」

地主似乎對酒量相當有自信，完全看扁了貓貓。

「妳有東西能跟我賭嗎？」

「有啊，小女子從剛才不就一直指給你看了嗎？」

貓貓輕拍了一下自己的胸脯。

「賣給女衒，三百銀子不是問題。」

此言一出，好幾個大老粗噗呼一聲把酒噴了出來。造紙匠都啞然無言。忽然聽見匡噹一聲，原來是壬氏站了起來。貓貓對他頻頻點頭，要他放心。

「哈哈哈哈！竟然說三百銀子，口氣可真大啊。小姑娘，妳懂不懂行情啊？」

農民把人當傻瓜似的說著。貓貓自然是懂行情才會那樣講，他們以為她看過多少姑娘被賤價賣去青樓？

「再標緻的美人都賣不到一百啦，但妳卻……妳卻……」

農民似乎是被戳中了笑點，口沫橫飛地笑個不停。看來是已經有了酒意，這樣正中貓貓的下懷。貓貓看著這些傢伙，「噗哧！」故意笑給他們看。看到她這種明擺著嘲笑人的嘴臉，喝醉的男人有一半瞪著貓貓。

「不是小女子要說，把沾滿泥土的髒蘿蔔直接拿去賣，當然連五十銀子都賣不了嘍。竟然連這點常識都搞不清楚。」

貓貓的身體重重搖晃了一下。有人揪住她的衣襟，迫使她踮著腳尖站立。看來對方很清楚貓貓是拿蘿蔔來揶揄鄉下姑娘。

貓貓側眼瞪向想採取行動的壬氏。他現在一旦出手，會把問題弄得很複雜。

「喂，妳再說一次看看！」

氣得臉紅脖子粗的某農民揪住了貓貓。高舉過頭的拳頭被泥土弄得發黑，長滿了繭；貓貓要是被揍，可能一拳也挨不住。

（雖然挨揍也是莫可奈何的。）

但貓貓也不能就此退讓。庸醫當場嚇得昏死過去，造紙匠男人無不驚慌失色。

「像你們這樣目不識丁，呵呵，我看是一輩子都不配用紙吧。就算人家教你們，諒你們也作不出像樣的東西來。」

準備揍人的手動了起來，但那隻手最後沒有打在貓貓身上。

咚！只聽見一個捶打桌子的聲音。有人岔進了貓貓與男性農民之間。被捶打的桌子上，放了一只大錢袋。壬氏出面了。

壬氏把錢袋倒過來，碎金碎銀嘩啦啦地掉落，在場所有人都看得目瞪口呆。馬閃也一樣，嘴巴一開一合的，不懂主子為何如此。

「能用三百銀子買這姑娘算便宜了。」
壬氏換了個聲調。比平素低沉的嗓音以及端正但詭異的臉孔，震懾了在座所有人。他一揮手打掉男子抓住貓貓的手。
（別拿這麼大一筆錢出來炫耀啊。）
貓貓作如此想，但覺得大好機會不容錯過。她整理衣襟，一腳用力踏在椅子上，挺起單薄的胸脯。
「看吧，識貨的人就是懂價值。」
原本作勢要揍貓貓的農民，心有不甘地瞪著她。
壬氏與貓貓一起詭異地笑著，激怒農民。
「喂，咱們來讓這兩個傢伙知道自己的斤兩！」
農民才剛對同夥這麼說，一隻手伸了出來打斷他。
「什麼時候輪到你作主了？」
大地主說。農民渾身一抖，縮起身體。
「也好，只要你們有錢打賭，我接受。」
看來大地主是接受賭注了。貓貓膽大包天地笑起來，把椅子上的腳放下。
「那好，敢問從誰開始？」

傻眼的造紙匠呆愣地看著貓貓。館子老闆與老闆娘都一臉惴惴不安。庸醫仍然躺在地板上。

而壬氏則是用老大不高興的神情瞪視貓貓，讓馬閃憂心忡忡。金銀袋子仍然放在桌上。

「老子第一個來教訓妳！」

方才揪住貓貓的男子說。這樣正合貓貓的意。

躺在地板上的空酒瓶不計其數。至於癱軟倒在地板上的大老粗則有三人，此時倒下的是第四人。

「……不會吧？」

正在照料庸醫的小外甥用呆如木雞的口氣說道。

「哎呀，這樣就投降了？」

貓貓仰頭將杯中剩下的酒一飲而盡。是燒灼喉嚨般的蒸餾酒。以這種鄉下地方的館子來說，已經算是高攀不起的好酒了。然而貓貓喝慣了更烈的酒，這對她來說不算什麼。

錯就錯在不該因為想速速灌醉貓貓，而拿出了酒精濃度高的蒸餾酒。喝不慣的烈酒讓男人一個接一個醉倒。他們雖然醉得渾身無力，但還不至於送命。貓貓絲毫無意手下留情。

「三百是吧，算是筆划算的買賣。」

壬氏在耳邊說道。只要想到又要被這傢伙買來賣去，就覺得絕對不能輸。

附帶一提，賤價收購姑娘的女衒，有時甚至會用二十左右的銀子買進農村姑娘。壬氏真的是搞不清楚錢財的價值。

總之貓貓以壬氏的錢袋當賭本贏了第一人，於是又來了第二人。對方以為貓貓一定已經有了三分酒意而輕敵，結果一口氣喝下烈酒醉倒了。

然後又來了第三人、第四人像這樣挑戰貓貓。由於之前喝下的酒精還在，戰況對貓貓較為不利……照常理來想應該是這樣，但很遺憾，貓貓的海量超越了他們的預料。

（這樣就四個人啦。）

第一人三百，乘以二之後第二人六百，第三人一千二百；到了第四人，貓貓就等於贏得了二千四百銀子。那群大老粗可能也都心知肚明，一個個都臉紅脖子粗地瞪著她。

對方人數還多得很，不過貓貓只要再贏一次就行了。記得債款餘額應該是四千五百。

幸好他們爛醉如泥。貓貓信口胡謅，讓他們寫了簡單的字據又蓋了手印，總共四份。反正這些傢伙肯定以為字據不過就是一張廢紙，畢竟連他們上面的大地主都想片面毀約了，可想而知。

就在眾人咬牙切齒時，真正的大魔頭總算拿了酒瓶過來。

「來跟我比一比吧？」

鬍子臉地主表情在笑，目光卻很尖銳。

貓貓摸摸肚子。

（不知道撐不撐得住。）

畢竟跟四個人喝過了酒，肚子多少重了起來。地主平素都喝蒸餾酒，看起來酒量不小。

地主看到貓貓有點難受的模樣，邊笑邊看過字據的內容。

「我跟這幾個傢伙可不是同樣的貨色。」

地主簽下潦草的名字後，砰的一聲把字據摔到桌上。

「小哥，你可別捨不得給錢喔。」

壬氏沒吭聲，雙臂抱胸。

「這點小事小女子明白。」

貓貓心想不得已，從懷裡取出了小瓶子。

「喂！那是什麼東西！」

地主的跟班立刻找麻煩。

「這酒的味道喝膩了，只是想改變一下口味罷了。」

貓貓說著，把小瓶子裡的液體倒進琥珀酒漿水波蕩漾的杯中。地主見狀，立即起了反應。

「給我等一下。既然這樣，那也給我這杯來一點。」

由於地主這麼說，貓貓把小瓶子交給了他。地主盯著小瓶子看了一會兒，接著把剩下的液體全倒進了杯中。

「不會是讓酒勁不容易上來的藥吧？」

相較於咧嘴笑著的男子，貓貓只是面無表情地仰杯而盡。

地主確定貓貓把酒喝乾之後仍然沒醉，於是自己也咧嘴一笑仰杯而盡。他咕嘟咕嘟地喝乾酒杯，然後——

倒下了。

跟班急忙跑來扶起地主，但地主渾身癱軟無力。

「喂！妳給他下了什麼藥！」

「哪有下什麼藥，小女子不也喝了同一種東西嗎？」

之所以癱軟無力，無非是因為喝了酒的關係。

「這場賭注是小女子贏了。」

「……」

當在座所有人啞然無言時，貓貓站起來拿起字據。她腳步穩定地把字據交給妹夫，然後站到了館子老闆娘的面前。

「請問茅房在哪兒？」
「這裡走出去右邊。」
「謝謝。」
貓貓稍微加快速度，小跑步往茅房去了。喝光了那麼多瓶酒，會有尿意是理所當然。即使是貓貓，臉皮也沒厚到能在別人面前失禁。

「我說啊，妳這姑娘家剛才到底做了什麼？」
妹夫一臉不解地說。手上拿著摺起的字據。
「沒什麼，只是想改變酒味而多加了點酒精罷了。」
貓貓常常在衣襟裡放些草藥或醫療用具，消毒用的酒精也是其中之一。
由於是消毒用，濃度非一般酒類可比。平常人喝一口就會醉倒，地主這傢伙卻倒滿了一杯。

「……我可以問個問題嗎？」
「請說。」
「姑娘妳喝的酒裡也加了那個什麼酒精，對吧？」
妹夫臉孔微微抽搐著說。

「對，因為小女子知道加那一點還不妨事，只是希望能早早比完。」

貓貓知道自己做出那種可疑行徑，對方一定會跟著做，幸好對方真的上鉤了。雖然用普通方式想必也能贏，但貓貓不知道自己能不能憋尿憋那麼久。

「幸好來得及去如廁。」

「……那是很好，但不管對自己多有自信，我還是認為拿自己當抵押打賭不太好。更何況還是為了我們。」

「這位大哥是不是有所誤會？」

貓貓從主人手中接過了摺好的字據。

「這是小女子贏來的錢。啊！得把賭本還清才行。」

貓貓甜甜一笑。

「怎……怎麼這樣啊，小姑娘！」

代替啞口無言的主人，好不容易甦醒過來的庸醫說。

「別說這麼絕情的話嘛～」

「這樣講也沒用，小女子沒有義務做那麼多。況且，事情還沒有全部結束呢。」

貓貓轉移目光瞄了別處一眼，只見地主托著昏沉沉的腦袋讓手下扶著起來。看到地板上滿是嘔吐物，想必是把酒吐出來強行恢復清醒了吧。

「勸你還是再躺一下吧？」

「剛才的賭注不算數！」

哦，反應一如預期呢。

「那不過就是酒席助興罷了，我從一開始就沒打算跟妳認真。」

「可是，這裡可是有著白紙黑字呢。手印加上親筆簽名，難道連你也要說你目不識丁嗎？」

「誰管妳這麼多啊！作廢啦，作廢！」

貓貓雙臂抱胸心想不得已，於是站到館子裡酒桶的前面。

「那就休怪小女子無情。」

貓貓輕拍了兩下酒桶。她瞄了壬氏等人一眼，胸有成竹地笑著。

「這下小女子只好去告官，說你們少交稅款了。」

貓貓此言一出，眾人鴉雀無聲。地主呆愣地張著嘴，一些沒喝醉的農民則是明顯地驚慌失色。

館子老闆與老闆娘略顯不安，但同時也露出如釋重負的神情。

造紙匠面面相覷，然後看了看貓貓。

庸醫只是偏頭不解。

壬氏等人掛念的數字流向，原因恐怕就出在這裡。

「什麼叫作他們少交稅款？」

態度叛逆的長男第一個開口。

「釀酒是需要國家許可的。若是用作個人享受也就算了，像這樣批給店肆的話，怎麼想都該繳納酒稅。」

作買賣都是要繳稅的。而愈是奢侈品稅率就愈重，酒肆課的稅比飯館重，青樓的稅率更是高得嚇人。老鴇總是為了這事滿口怨言。

貓貓才在覺得奇怪，這家店為何要把場子借給地主用來談判。她本以為因為他們是租戶，但這大量的酒更引起了她的注意。如果能購進大量廉價又味道不錯的酒，自然是幫了店家一個大忙。即使被添點麻煩也不能有所怠慢。

貓貓認為地主在叫酒時，店家沒端出這種濁酒就是因為如此。假如地主是讓農民釀酒，就沒必要在這種時候再叫已經喝膩了的酒。

「搞不好還吞了一些米糧用來釀酒呢？」

釀酒需要用上大量的米或麥子，而這種酒似乎是用米釀的。無意間，貓貓想起了這個地主找碴時說過的話。

「你們把水弄髒害得稻米產量減少。水太少不夠種稻。」

貓貓反芻此言。

「這都是謊話吧？稻米產量應該比以前還好不是？」

來自上流的腐爛樹葉或泥土養分溶入河水流入稻田，可使土地不貧瘠。如果是排放毒素倒還另當別論，造紙工程排放進水裡的，都是以米糠等原料作成的紙藥，或是作成紙漿的木屑。貓貓認為這些反而能成為很好的肥料。

前地主之所以不立租約而是準備賣地，很可能就是基於這個原因。

對方或許不知道原因為何，但稻米的收穫量就是增加了。前地主必定是判斷讓造紙匠長年定居此地，今後會對他們大有助益。

而貓貓推測曾幾何時，當地居民開始隱瞞增加的收穫量，拿來釀酒或是做其他用途。雙重逃稅的罰則可不輕。

說這麼多會違反阿爹的教誨，因此貓貓沒多說，不過看地主或農民的表情，就知道八九不離十了。

「妳……妳有證據嗎？」

一個農民說。

「就是啊！妳有證據嗎！」

其他農民也跟著說道。

根本不需要什麼證據，既然壬氏在場，最終都會有人來監察。

「別擔心，只要清清白白，就算官員上門搜查應該也找不著什麼的。」

貓貓臉上掛著假笑開口。活蹦亂跳地抗議的農民都住了嘴，看來是被她猜中了。

「妳好大的架子啊，小姑娘。」

地主扶著仍然昏昏沉沉的腦袋說。

「妳以為妳幹出這種事來，我會放過妳嗎？」

「這句話小女子原封不動還給你。這種話至少請你看清楚狀況再講。」

貓貓站到了俯視地主的位置。

手下有三分之一都喝醉了無法動彈，地主自己也一樣。其他人雖然沒倒下，但也有了不少醉意，神智不清。

相較之下，貓貓這邊有六名神智清醒的壯漢。庸醫不會打鬥，從一開始就沒算在內。最重要的是，她這邊有壬氏與馬閃。他們一旦遇到危險，外頭的那些護衛必然會闖進店內。

館子老闆與老闆娘似乎想盡量置身事外。

貓貓無意以暴力解決此事，不過假若對方想動粗，她這邊也會回敬。貓貓面露極其下流的笑臉，拿著字據往地主臉頰上連連拍打。

「你可以大聲呼救沒關係喔——相對地，我們這邊也會派快馬去告官的。」

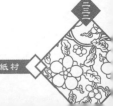

貓貓心情大好，哼歌般地說。其實在座可是有人比官員更可怕。

「小姑娘，妳怎麼給人感覺跟平素不太一樣？」

庸醫低聲說出這種話來，但貓貓不理他。

貓貓環顧啞口無言的地主與農民，然後在地主的耳邊呢喃：

「要做就不要怕被人還以顏色。」

貓貓這種陰狠的聲調，讓地主發出了咬牙切齒的聲音。貓貓冷眼瞪著躺在地上的地主。

「有什麼原因要讓你這樣跟他們過不去？」

就在貓貓輕聲低喃時，砰的一聲，館子的門被推開了。

正在奇怪發生了什麼事，只見館子門口站著個身穿漂亮衣裳的姑娘。而她一見著店裡的情形，臉色頓時發青。她先是跑到倒地地主的面前，然後竟然下跪賠罪了。

「我明白一定又是爹做出了強人所難的要求。但是，還請各位不要動粗。」

姑娘深深低頭。不是對貓貓，而是對造紙匠低頭賠罪。

「呃不，這不是我們做的……」

次男搖頭說道，但姑娘仍然不肯抬頭。她以額貼地，也不顧頭髮都亂了。

「小女子給各位陪不是，請饒過我爹吧。請饒過我這愚蠢的爹吧。」

姑娘根本沒聽見旁人的聲音，只顧著謝罪。就在這時，那個態度傲慢的長男有了動作。

「我們不會傷害妳的親爹的。」

他慢慢摟住姑娘的肩膀，一邊安撫她一邊讓她抬起頭來。姑娘淚流滿面，看著長男的臉點了點頭。

地主見狀，當場氣急敗壞。

「喂！你這來路不明的野小子，不准靠近我女兒！」

地主吼叫著想站起來，但雙腳似乎還軟綿綿的，跌回了地板上。

「爹！」

「爹！」

「誰是你爹了！」

這是什麼狀況？

貓貓酒意頓失。

次男傻眼地看著哥哥等人。

「這該不會是……」

「我想大致上，就如同姑娘的猜測。」

長男為何偏袒農民，地主又為何討厭外人而千方百計想把他們攆出去，兩件事的答案一次獲得了解答。

獲得解答是很好，但貓貓覺得還不如不知道的好。

眼前上演著愚蠢喜劇會有的那種對話，老實說，貓貓連描述都懶得描述。

「都是因為哥哥太專情了。」

「這樣就要毀掉一個村子的話，誰受得了啊。」

貓貓代替其他各位造紙匠道出心聲。她頻頻點頭。貓貓原本覺得把長男帶來這個談判場子是錯的，但仔細一想，貓貓竟然把他是庸醫家人的事給忘了。

既然是庸醫的家人就沒辦法了。

（才怪啦！）

一座村莊被這種無聊鬧劇毀掉，誰受得了啊。然而幾個當事人卻是認真的，真讓人傷腦筋。既愚蠢又愚昧。

貓貓懶得再鬧下去，一屁股坐到了椅子上。

「麻煩老闆娘上酒。」

貓貓舉手呼喚了老闆娘。

「妳還喝啊？」

「小女子還喝得下。」

此話一出，感覺好像眾人都傻眼地望向她，但她並不在意。

也許自己其實已有幾分醉意了。直到酒醒之後，貓貓才發覺自己比平時多話了一點。

結果，造紙匠的村莊按照之前約定，仍舊以五年為還債限期。

至於大地主是否要付錢給貓貓，最後約定往後十年按一定份量送米給綠青館，為此事做個了結。

這樣做或許太寬容了，但反正要不了多久，官員應該就會上門搜查。說是不會追討過去少繳的稅，所以也算是網開一面了。

至於庸醫外甥與地主女兒之間的事……

（那種事我懶得管。）

就這麼簡單。

十話　大麻與民間信仰

「月兒此番西行，路上還順利嗎？」

眺望著天上明月，皇上對高順說。這裡所說的「月兒」並非天上玉盤。皇上帶著親暱之情如此稱呼那位貴人，不過在這國內除了皇上，無人能如此稱呼。

「殿下同時還得視察造紙村，因此大概還在路程的一半。」

由於名喚壬氏的宦官已經不在了，於是高順就這樣再次為皇上效力。馬字一族世世代代肩負保衛國華之責，因此，如同兒子馬閃，高順也是自幼就與皇上交情深厚。若是在兒時，他還曾與皇上的另一名同乳姊姊三人一塊兒玩捉迷藏。

如今由馬閃來護衛皇上喚作「月兒」的貴人。高順曾經煩惱過是否該由另一個兒子護從左右，但最後仍派出了么兒。馬閃儘管尚不成熟，但無論是誰至少都會有一項長處。日前兒子才剛犯過讓「月兒」殘缺的失敗，不能說高順絲毫不擔心，不過聽聞藥舖姑娘也是同行者之一，應該不致出錯。那個姑娘精神之強韌是掛保證的。

關於姑娘同行一事，高順以預防歹人下毒為由，說服了面有難色的兒子。「月君」二話不說就答應了。

至於當事人即使不情願應該也會接下擔子，況且到半路上還有後宮的醫官同行。高順知道那姑娘雖然對小鬍子醫官沒大沒小，但說來說去交情還是很好。

問題是與醫官道別後，一行人去西都的目的。

「那小子也不輕鬆啊，不知會有何種野草聞花慕名而來。」

「說花草主動上門，可真是有趣的形容。」

「說成招蜂引蝶的話他會生氣的。看看朕那花園就知道。」

之所以能半開玩笑地這麼說，想必因為此處既非後宮，也非皇太后或皇后居住的宮殿。此處是宮廷之外的離宮，也就是如今不再是四夫人的阿多居住之處。而這阿多正是皇上的同乳姊姊，也是高順的兒時好友。

皇上看起來有些寂寞，也許全因這個阿多不在。她也出發去了西都，而且帶著某人。

「月君」的內在並沒有外貌那般虛浮華靡，自他年幼就隨侍左右的高順很明白。高順與他相處的時間比他父母更久。他不喜奢華浮誇之物，性情穩健踏實。雖然後宮的職務已經結束，但今後他必須以皇弟的身分行動，必須代替無法離開京城的皇上執行公務。

「蝗災是吧。」

此種自然災害有時甚至能傾覆邦國。皇上的聲調中混雜著憂愁，想必是因為雖然只是迷信，但他仍感覺到上天在責怪他缺乏九五之尊的力量。消滅了子字一族後，皇上的下一步就是將四夫人之一——玉葉妃立為正宮。

蝗災在很多情況下，始自飛蝗順著西風而來。飛蝗會遠從幾百里，甚至是千里以上的外地來臨。這些飛蝗會在國內繁殖，先引發小型蝗災。若是置之不理，翌年災情就會擴大。

或許只是杞人憂天。但預防措施不可不做，而擔負此一重任的就是「月君」。

但是，蝗災的範圍不會只限於國內。飛蝗乃是來自西方，換言之，西方也很有可能逢此災害。

所謂倉廩實則知禮節，農民在饑年變成盜賊之事並不稀奇。而這種事一旦頻繁發生，社稷就會禮樂崩壞。禮樂崩壞的社稷，會開始從富庶的地區掠奪財物。

過去有很多戰爭，就是如此發生的。

在西方，治理西戌州的戌字一族已在數十年前斷了香火。他們在女皇時代圖謀不軌，因而被滅。現在代替戌字治理當地的是玉葉后的父親。目前還是無字家族，但再過不久，皇上應該就會賜他一字。按照預定在賜字之後，玉葉妃才會成為正宮。

假如戰火爆發，西方將成為要地。

皇上正是為此才會讓西方胡姬坐上后座。雖說產下了公主與東宮這一對鳳雛麟子，但高順能充分理解旁人認為操之過急的理由。離這寶座最近之人，原本應該是梨花妃才對。

婚姻是一種政治手段。而身分地位愈高，就愈是處處受限。即使貴為一國之君，有時還是得討好岳父。皇上之所以敢這樣抱怨，也是因為信賴高順。

表現出些許詼諧的皇上，晃著酒杯笑著。

「偶爾也得讓他體會一下朕的辛勞才行。」

說完，皇上仰望明月，把酒一仰而盡。

高順目光飄遠，心中為遙遠西方的佳人擔憂。

○●○

有個國家稱為北亞連，位於荔國西北。該國坐擁廣大的穀倉地帶與森林資源，自古以來屢屢與荔國對立。目前邊疆民族之所以對荔國多方擾攘，原因就出在這北亞之國。

兩國沒有邦交，不為任何事進行直接談話，即使有，也會請他國擔任仲介。

之所以提起此事，是因為眼下貓貓正要前往西都。他們即將在那裡與外國的大人物進行會談。說是間接與該國有來往的大人物將會蒞臨該地。

（真沒想到跑到西都來了。）

離開庸醫的村莊後，貓貓得知原本的目的地時驚得嘴巴都合不攏。即使轉乘馬車與船舶，要抵達那兒也得要半個月以上。她開始擔心起留在藥舖的趙迂與左膳他們來了。

（算了，船到橋頭自然直。）

反正現在左思右想也不能怎樣，就放棄吧。相對地，她可得要求壬氏多給點蹦子才行。

因此馬閃才會把這些麻煩透頂的政治問題講給貓貓聽。這讓她想起以前馬閃也跟她解釋過很多事情。貓貓一邊失禮地想「看來這方面的書他還沒白讀」，一邊吞下呵欠耐著性子聽他說。

把毛毛與庸醫留在造紙村之後，旅途還漫長得很。

至於說到壬氏，他似乎很喜歡那燒傷妝，到現在還化著。由於路上會經過許多村鎮補給物資，他或許是覺得比起戴著奇怪蒙面布要來得省事。貓貓是覺得在這遠離京城的外地不會有人認出皇弟的長相，不過若是每次走在路上都要被年輕姑娘搭訕，一定會把他煩死吧。

「今日就在這村子投宿。」

貓貓一邊撫摸坐太久發疼的屁股，一邊下了馬車。這兒與其說是村莊，倒比較像是驛站，不過對馬閃來說大概全都是鄉下吧。

「別到處亂晃啊。」

「小女子去買糧食。」

貓貓朝馬閃伸出手，明擺著在央求零花錢。

「喂，妳有沒有在聽我說話？」

代替半睜眼瞪人的馬閃，壬氏把一只錢袋放到貓貓手裡。

「壬……」

馬閃險些沒叫出「壬總管」，趕緊住嘴。隨行的護衛所認為的主從關係，應該正好是倒過來的。

「小人跟她去。」

壬氏換了個聲調說。

（這傢伙……）

我看你根本是想散心吧。貓貓邊想邊偷瞧臉部燒傷的青年一眼。

「有沒有賣什麼有意思的玩意兒？」

壬氏悄悄在貓貓耳邊說道，以免讓旁人聽見。嗓音雖然優美到令人渾身酥麻，但聲調中有的卻是莫名稚氣的好奇心，神情跟上次逛京城市集時很像。大少爺在某些奇怪的地方就是特別單純。

「這附近似乎在種植大麻呢。」

居民基本上似乎都穿麻布。可能是只穿麻布太冷了，還搭配了動物毛皮。店裡賣的麵包上面也放了大麻仁。居民似乎還拿來榨油，可以看到甕子裡裝了黏糊糊的液體。旁邊那些人應該是工匠，在抽菸斗。看到他們拿曬乾的大麻葉當菸草，貓貓蹙額顰眉。

「怎麼了？」

「沒有，只是覺得他們似乎抽太多了。」

適量的大麻可作為藥材，但每日吸食會成癮，不建議這樣使用。就跟阿芙蓉也就是鴉片一樣，少量是藥，大量就成了毒品。

「原來妳不是聽到什麼有毒就咬住不放啊？」

壬氏講這種話挖苦貓貓，讓她不太高興。

「有成癮性的藥是很可怕的，想祛毒也不是說祛就能祛。就算想停止吸食，那誘惑性可是比冬天早上的被窩還難以抗拒呢。」

「會嗎？只要把房間弄暖，就不是什麼問題啦。」

貓貓一聽就發現自己錯了，拿庶民的價值觀跟這傢伙講話無啻於對牛彈琴。一定是老嬤子趁壬氏還沒起床，就勤快地用火盆先把房間給烘暖了。竟然使喚已有點年紀的水蓮做這麼多事，真是個過分的主人，而且當事人好像還沒察覺到她的辛勞。貓貓不禁半睜著眼凶巴巴地瞪他。

「許久沒看到妳這種眼神了。」

看到壬氏語氣中不帶責難，感慨萬千地說道，貓貓心想：這傢伙要不要緊啊？假如高順在場，必定會用手按住額頭，欲言又止地看著貓貓吧。

此次的侍從馬閃這時正忙著補充旅途所需。接下來即將進入更乾燥的地帶，說是想先安排些更習慣那種氣候的馬匹。雖然每天都會換馬，但聽說接下來要換成全然不同的種類。此處儘管只是個以客棧為主，零星分散著數十戶人家的小鎮，不過畢竟地點就在官道上，這類需求似乎還準備得來。只是，想一次齊備馬車用與護衛用的馬匹看似得花點時辰。

「先別說這了，還是來買糧食吧。」

貓貓看向擺在店面的麵包。可能因為當地產油的關係，炸麵包特別顯眼。還有揉麵炸成的麻花點心，一旁寫著「華而有實（大麻仁）」詼諧一下。麻花感覺很耐擺，更何況壬氏也興味盎然地盯著瞧。

（可不曉得合不合貴人的胃口。）

貓貓如此心想，看向正在揉麵團的中年男子。

「請給我一個。」

「好，別只買一個，再帶一個如何？」

「好吃的話。」

貓貓咬一口用竹葉包好的麻花。剛炸好的麻花又軟又燙。貓貓小心咀嚼以免燙著嘴。

「喂，就妳一個人吃啊？」

「這是試毒。」

貓貓正色回答。當然剛炸好的總是比較美味，不過味道真的不錯，這樣看來大家應該會願意吃。買的數量一多，用竹葉包不起來，於是老闆用粗麻袋替她包了。裡頭鋪了廉價的紙以免袋子吸到油。

壬氏從裡頭撿出一個，拋進嘴裡。

「還不錯。」

那還用說嗎？要是這比他平時吃的東西好吃，宮廷御廚就得捲鋪蓋了。

「壬總管這樣出外遊玩不要緊嗎？」

「造紙村那件事，似乎把馬閃累著了。我暫且偷懶個幾日，也算讓那傢伙休息休息。」

馬閃一副就是不善說謊的樣子，當壬氏的頂頭上司似乎累壞了他。會為了這類事情胃痛的個性跟高順很像。

貓貓再到處看了幾件引起她注意的東西。由於地方愈靠近西方，就有愈多人放牧家畜，因此可以買到乳製品。貓貓看看並排放在倉庫架子上的乳製品。有個像是這戶家裡人的大娘在給爐灶生火。廚房的柱子上有著奇妙的花紋。各地有各地不同的宗教信仰，而此地祭祀的似乎是蛇，花紋看起來是如此。壬氏見狀，眉宇之間稍稍歪扭起來。
「打擾了。」
貓貓向大娘攀談。
「什麼事啊？」
「能否請大娘分些乳製品給我們？我們會付錢的。」
吃乾糧難免比較簡單粗糙。雖然份量帶得比實際天數多，但貓貓還是希望能再吃好一點。
「哦——你們想要哪個？」
她目不轉睛地瞧著貓貓與壬氏。
「這個跟這個，還有那個，差不多十頓的份。其他還有什麼新鮮玩意的話，也給我們一點。」
「等我一下啊。」
大娘說著，把架子上的東西裝進麻布包裡。
「這些怎麼樣？」
大娘雖然方才品頭論足似的看人，但開的價錢卻比想像中低，而且選的都是好東西。
「真不好意思，我們跟妳要，還給我們這麼好的東西。」

看到貓貓露出讚嘆的神情，大娘破顏一笑。

「舉頭三尺有神明嘛。看，這兒也有呢。」

她指著柱子上的花紋。

（是喔——）

不過，貓貓並不討厭這類信仰。只是擔心大娘這樣會不會吃虧。

「這地方大家信仰的是蛇呢。」

「是啊，白蛇出現的那一年會是豐年。」

雖然應該只是迷信，但壬氏的神情更加陰鬱了。

白娘娘的事壬氏應該也聽說了，說不定還受命處理此事。臉上的燒傷疤痕讓他整個人看起來很陰沉，真希望他能離自己遠點。大娘都露出怪表情了。

貓貓雖不討厭蛇，但聽到白蛇也差點沒蹙額顰眉。那個形跡可疑的仙女後來不知道跑哪去了。

「你們似乎是要往西方去吧？可得當心點啊。」

大娘一邊仔細地把乳製品包好一邊說。份量比貓貓買的多給了很多。

「為什麼呢？」

「聽說最近西邊官道常有盜賊出沒，連商人都躲著。」

原來如此，說不定這架上的糧食也是要賣給那些商人的。與其擺著沒人買，不如像這樣賣給貓貓他們來得好。難怪待客這麼親切了。

「謝謝大娘，我們會當心的。」

貓貓道過謝後，看向壬氏說：「我們該回去了。」

在客棧裡，安排好馬匹的馬閃正在喝茶歇息，馥郁的茶香陣陣飄來。馬閃一見壬氏回來，立刻坐正姿勢。

「說是明天早上就能備齊了。只是必須僱用鏢師。」

鏢師就是承運貨物的行業，用馬替人運貨。

「無妨。」

壬氏一進房間，立即癱到了椅子上。馬閃用目光示意貓貓快去備茶，她只好去要熱水。

「不，用那壺就行了，溫一點好。」

「可以嗎？」

貓貓心想本人說可以就是可以，於是重新準備茶葉。茶壺裡還有滿滿的熱水。

「聽說此地有盜賊出沒。」

壬氏邊啜飲溫茶邊說。

「是，人家也是這麼對微臣說的。因此對方出借馬匹的條件，就是得僱用鏢師。」

一概叫作盜賊，作風卻各有不同。此地的似乎是收取**買路錢**的那類。能不碰上最好，據說碰上的話只要有能商量的鏢師，就能用幾成貨物逃過一劫。

貓貓輪流看看壬氏與馬閃。兩人都是經過嚴格鍛鍊的武人，身分立場也容不得盜賊存在，但現在沒多餘心力去除害。貓貓側眼看著兩人有苦難言的神情，總之只希望別碰上盜賊就好。

十一話　盜賊

「盜賊要出現的話就是這兒啦。」

口音重到有點刻意的鏢師指出了地圖上的一點。地圖畫在羊皮紙上。地點在山溝中間的一處，看起來很適合做前後夾擊。

「對方也不是傻子，能不殺生是最好。咱們只要留下一半的行囊，他們就會放過咱們了。而且會碰上他們的機率大概也就三成。」

原來如此，若是這種頻率的話，商人或許也會衡量得失。反正也不是每回都被搶，況且繞遠路既費時又得多花錢請人。

「只要想成稍微貴一點的過路費就是了，他們還說自己是義賊哩。」

「義賊～？」

明顯老大不高興的聲音從馬閃嘴裡蹦了出來。貓貓開始擔心這傢伙遇到盜賊襲擊時，到底能不能像條狗似的乖乖不動。

壬氏好像很中意乾燥地區用的馬匹，不乘馬車而開始騎馬。這麼一來馬閃也要騎馬，讓貓貓可以在寬敞的馬車上解開行囊鋪床。一直坐著屁股會痛，既然這樣不如躺著好。

貓貓認為為了愛來不來的東西煩惱只是提早浪費時間，於是決定睡大頭覺。心想運氣好的話，當她醒來時搞不好已經通過義賊那一關了。

很遺憾地，這種和平景況沒降臨到她身上。

還沒走到山路的一半，貓貓就落個在馬車裡翻了一圈的慘狀。馬匹一陣嘶鳴，馬車倏然停住。貓貓睡眼惺忪，一邊摩娑撞到的腰一邊看向外頭。沒看到盜賊，只看到鏢師在向馬閃解釋些什麼。

「發生什麼事了？」

貓貓向馬夫問道。

「是，似乎是盜賊出現了，走在咱們前面的別家馬車遇襲了。咱們最好先等等。」

換言之，只要在這裡避風頭，就可免受牽連。看來似乎是前面那輛馬車有人逃過來向貓貓他們求救。雖不知道鏢師在跟馬閃談什麼，但他看來相當憤怒，勉強壓抑著脾氣。

然而，狀況有了變化。前來求救之人拿出了某樣東西。馬閃與壬氏一看，臉色大變。壬氏接過東西細細確認。

貓貓好奇起來，頂著一頭睡亂的頭髮下了馬車。她想前去壬氏身邊，但還沒走到，馬閃先騎馬向前奔去了。壬氏命令幾名護衛跟馬閃過去。命令還沒下完，馬閃已經不見了蹤影。

「妳剛才在睡覺吧？」

「小女子不懂您的意思。」

貓貓對壬氏的質問裝傻。

「臉頰上有奇怪的凹痕喔。」

「……先別說這個了，請問現在事情怎麼樣了？」

貓貓一邊用手掌摩擦臉頰一邊說。壬氏默默遞出了方才拿到的東西。那是一塊木札，烙著花朵圖案的印記。這印記貓貓有看過，是在後宮分賜給每位嬪妃的紋飾之一。

究竟是誰的紋飾？

「遇襲的是阿多夫人的馬車。」

壬氏開口。

（阿多娘娘怎麼會在這裡？）

現在沒那閒工夫說這些。可是對方若是阿多，她應該會聰明地將財物交給盜賊以脫困才是，怎麼會這樣呢？胡亂刺激盜賊不是明智的做法。

就像回答貓貓的疑問，壬氏補充一句：

「里樹妃也跟著夫人來了。」

不知怎地，貓貓頓時變得非常不安。那位嬪妃莫名其妙地就是命小福薄。照理來說她應該是出不了後宮的，但這事也晚點再問吧。

「不曉得要不要緊？」

前來求救之人向壬氏詢問，大概是不曉得壬氏是何人。仔細一瞧，貓貓感覺在阿多的離宮有見過此人。

所謂的要不要緊，問的八成是人數。雖不知道盜匪有幾人，但派去的人包括馬閃在內連五人也不到。由於不能減少壬氏的護衛，那大概就是他能派的人數了。不知道為何要特地讓馬閃前往，是為了辨認阿多嗎？只希望別受傷就好。

不顧他們的擔心，壬氏意外地鎮定。

「毋寧說其實一個人也足了，只要趕得上的話。」

「啊？」

後來用不了多久，他們就知道壬氏為何如此從容不迫了。

一行人追上他們之後看到的，是一群受縛的盜賊。抵抗的痕跡清晰可見。看起來酸臭嗆鼻的衣服都破了，從中可以看到皮膚上有著簇新的割傷。割傷也就算了，不知怎地，其中數人的胳臂或腿腳彎向了奇怪的方向。到底要如何抵抗，才會被這樣折得曲曲彎彎？

（那是什麼？）

眾護衛的手腕被人綁上了像是骯髒細繩的東西，不曉得是否有著特殊含意。貓貓不想靠近那些口吐白沫的盜賊，因此只是遠遠看著。

至於阿多等人的護衛，看起來也相當悽慘。雖然幸好沒有人喪命，但有人的手臂被砍了下來。貓貓下了馬車，跑向那名護衛的身邊。

「這是……」

壬氏等人僱用的鏢師吃了一驚，曬成淺黑的臉變得鐵青。

「不是說給錢就能了事嗎？」

馬閃語帶怒氣地說。他背後站著一位氣質凜然的麗人。這位穿著打扮有如男子之人，正是原為嬪妃的阿多。看來她並未受傷。

「本來是打算交出財物的，但對方說要把女人賣掉。那些姑娘是人家託我照顧的，實在交不出去。」

貓貓一邊聽阿多說明，一邊診察護衛的斷臂與斷口。雖然沒經過多少時間，但斷面血肉模糊。如果是養父羅門，斷口光滑的話還能接起，但貓貓沒有那種技術，勉強接上只會腐爛脫落而已。她咬牙切齒，做她現在能做的處理。

由於手邊的草藥不夠用，她去跟人拿藥，結果又看到了一個熟面孔。

「本來想晚點過去的，無奈沒機會出來。」

她手上拿著白布條與藥。又是一位女扮男裝的麗人——翠苓。

「姑娘也一起來啦。」

「是啊，我都還想問我離開那座宮殿妥不妥當呢。」

沒想到她也跟來了，真讓貓貓驚訝。之後究竟會有什麼事情？

「妳擅長針線嗎？」

翠苓向人討了火，正在燒針。

「學過一點。只是抱歉沒有麻醉。」

兩人一邊如此交談，一邊作了消毒的準備。

相較於淡定地做好準備的兩人，手臂被砍斷的護衛痛苦得齜牙咧嘴。翠苓按住發抖的護衛，往他嘴裡塞住東西以免咬到舌頭，看得出來對這類差事熟能生巧。

盜賊一事似乎是出了某些差錯，鏢師歉疚地渾身發抖。由於一行人說是商人實在太奇怪，因此佯裝成有錢少爺被貶為地方官，但對方還是發現了她們其實是大富大貴之人。

（看這陣仗也難怪啦。）

貓貓換掉被護衛的血弄髒的衣服後，前往阿多待著的帳幕。

「麻煩妳直接去聽夫人怎麼說。」

因為壬氏如此要求她。

里樹妃在帳幕裡握著阿多的手不放。現在貓貓最在意的，就是她為何會在這裡。里樹妃渾身發抖，猶如驚弓之鳥。

帳幕裡除了她們倆，還有已先換好衣服的翠苓。翠苓是位優秀的人才，出遠門時會想帶著她代替醫師並不難理解。即使如此，當中還是有那麼點問題。

還有理應不可離開後宮的嬪妃出現在這裡也是件怪事，不過從壬氏的態度看來，似乎有著某些理由。

「妳一定很想問娘娘為何會在那裡吧。」

「是。」

幸好阿多是位聰慧之人。

「有人告訴過妳，馬閃閣下此番西行的理由嗎？」

由於壬氏仍然以假面貌示人，阿多細心地將馬閃說成主子。很像是阿多會有的貼心之舉。

「聽說是在西方有會談。」

貓貓聽說過除了壬氏之外，國家的一些棟梁之臣也會前來。又聽說壬氏等人與那些人分頭行動，為的是兼作視察。

「我們也會參加那場會談。此次由於有嬪妃在場，因此不與他們那一大群人一同移動。或者更正確來說，是被他們嫌礙事。」

感覺話中有話。真要說起來，貓貓不懂里樹妃與西方之人會晤能幫上什麼忙。若是西方出身的玉葉后或是身為皇親國戚的梨花妃，倒還能夠理解。

阿多取樂般地看著滿腦子疑問的貓貓。不知怎地，貓貓感覺她跟玉葉后很像。貓貓不禁深切地體會到，原來皇帝就是喜歡此種性情的女子。

「因為此次的另一目的，就是為皇弟殿下選妃啊。」

貓貓似乎能夠理解她為何自始至終盡做出些樂在其中的反應了。

十二話　風波迭起

（真是不容易。）

貓貓感慨萬千地想。大人物沒有權利談情說愛，只能為了傳宗接代，挑個適合的對象。然後，貓貓試著思考了一下此次阿多帶里樹妃來的理由。

（可能是賜婚吧。）

里樹妃本來並不適合當四夫人。家世是還好，但她天性不具備作為後宮名花踐踏其他百花的力量，反而連侍女都一直瞧不起她，總是沒把她放在眼裡。倘若皇帝要拿她賜婚，或許這樣還比較幸福。

只是，問題在於對象。

（我認為還算是個無可挑剔的對象。）

但是害處比優點多太多了。這對象乃是個若是女子足可傾國的美男子。縱然臉上留下了傷疤，旁人得知他不是宦官時會有的反應卻遠比這個可怕。

（搞不好嬪妃遇襲的理由就是這個吧？）

不不，這還不一定。貓貓一面作如此想，一面又覺得可怕的就是其實說得通。傾國傾城的美人，光是存在就不知道會讓多少人的人生出錯。

此次襲擊阿多馬車的盜賊，做法不同於以往。不是自詡為義賊搶人的一半行囊作為買路錢，而是砍斷了護衛的手臂，還說要把女人賣掉。聽說若不是馬閃等人出手相助，早已有人喪命了。

再說……

那些人手腕上的奇怪細繩讓貓貓很是在意。也許是盜賊之間的記號？

就這樣，貓貓閒著無事躺在客棧的床上。受傷的護衛在目前歇腳的村鎮養傷，並安排新的馬車與馬匹代替遇襲毀壞或逃走的。

補充旅途所需輪不到貓貓來做，而且她已經確認過此地的藥舖沒賣什麼有意思的藥。護衛是阿多的人，因此由翠苓來照料傷患。憑翠苓的醫術，貓貓應該不用插嘴。

就在貓貓像這樣閒著沒事做時，聽見了叩叩敲門聲。開門看看是誰，想不到門外站著個意外的人物。

「可否叨擾一下？」

是戴著頭紗的里樹妃。一如平素，像隻小動物似的鬼鬼祟祟的。

「請進。」

貓貓一請里樹妃進房，她就像隻避貓鼠兒似的進了房間。之所以東張西望，可能因為她是偷偷溜出來的。

貓貓拿把椅子給她坐，她戰戰兢兢地坐下了。這時候可能要奉茶才合乎禮儀，但現在請人燒熱水會被人發現嬪妃在這裡。不得已，貓貓權且端出月餅。雖然吃了只會口渴，就算是盡點心意吧。

「娘娘這是怎麼了，侍女會受罰的。平素那位侍女長沒跟您一起來嗎？」

貓貓沒看到侍女長的身影。雖然似乎有別的侍女伺候她，不過後宮那些侍女好像一個也沒來。

「人家說只有我一個人要離開後宮，侍女是父親大人派給我的。」

聲音雖小，但比想像中來得清晰，也許是慢慢習慣跟貓貓說話了。貓貓之前照顧過她幾次，但每次她都顯得很害怕，讓貓貓有點受傷。

「那麼娘娘請說來意。」

「咦？」

不是，再不早點把事情解決，要是被人抓到她跟貓貓在一起，搞不好連貓貓都得遭殃。她到底希望貓貓怎樣？難道還得由她來問話開頭嗎？

里樹妃又開始忸忸怩怩起來。

「……娘娘是否要與皇弟締結婚約了？」

貓貓單刀直入地問。

「不，這還……」

似乎還沒確定，換言之就是有聽說過這事。但嬪妃卻沒有興奮浮躁的樣子，那麼到底是哪件事？

「娘娘對遇到盜賊襲擊的事，心裡有底嗎？」

「……現在說的不是這事。」

真是個不會說謊的人。原來她對盜賊有點頭緒。

「那麼，是什麼事呢？」

里樹妃頻頻偷瞄四下。貓貓覺得這位嬪妃人不壞，但也不是不能理解她為何總受人欺侮。真希望她態度能再光明正大一點。

「……那個，妳能夠判斷……父母子女，是否真為父母子女嗎？」

所以到底是什麼意思？貓貓微微偏了偏頭。

「我與父親……呃呃，妳能鑑定名喚卯柳的男子是否真為我的父親嗎？」

里樹妃用一種泫然欲泣，同時悲傷悽楚的神情說。

「……」

貓貓焚燒了能讓人心靈平靜的香。雖是給壬氏用的，不過用一點應該無妨。

「娘娘為何會這麼想呢？」

貓貓聽說過里樹妃的母親早已亡故。父親只把女兒當成政治工具，自幼就將她送進先帝的後宮。當時身為東宮妃的阿多想必成為了里樹妃的心靈支柱。里樹妃的櫻唇與柳眉都歪扭起來，彷彿就要落淚。但她克制住了，吸著鼻子看向貓貓。

「……我本來……是不該再回後宮的。」

里樹妃斷斷續續地訴說。

先帝駕崩後，里樹妃的父親想再次利用被送入尼寺的女兒。起初是打算將她配給南方太守為妻，然而太守年紀大到都能作她的祖父，而且據說是個未娶正室，卻讓多達十名妾室伺候著的好色之徒。

里樹妃出自卯字一族，是受皇族恩賜別字的門第。但據說自從女皇時代講求選賢與能以來，別字的權柄就跟著降低了。因此這個江河日下的家族一致同意，不管用上何種手段都要飛黃騰達。

「幸有阿多娘娘與皇上阻止。」

據說阿多輾轉得知了里樹妃的婚約後，向皇帝提出了請求。現在想想，那或許也是父親的計謀。婚約幾乎已正式敲定，若要反悔必須有充分的理由。

（難怪了。）

怪不得比起其他上級妃，里樹妃要差了一截。倒不是差在外貌身姿上，而是缺乏作為上級妃的智慧與志氣。

要麼旁觀她被迫嫁給某個糟老頭，要麼讓她成為後宮嬌花，能過上數年安穩日子也好。阿多考慮到里樹妃的幸福，選擇了後者。

「想必是因為我以前也很黏皇上，還能讓皇上抱到腿上坐著呢。」

「那可真是……」

孩提時期這樣是無妨，倘若現在再來一次，怕會把這個膽小如鼠的女孩兒嚇死了。

嗯，世上多得是老少配。若是女子年長還另當別論，男子年長倒不是件稀奇事。就這層意味來說，阿多當年似乎是認為過了幾年後里樹妃就會長大。如同方才說過的，一旦成為一國之君的妻室之一，就絕不會受到虧待。

不過，這個故事跟父女鑑定有什麼關係呢？的確，貓貓也覺得作父親的不該這樣對女兒。但如果里樹妃是出於「親爹不可能這樣對待女兒」此種感傷的理由而提起此事的話，老實說貓貓不想理。

若是討厭父親，貓貓希望她能堅強一點，用盡一切方法讓這次的婚事成真。她對壬氏應該沒有惡感，在後宮的時候，貓貓明明就看到她面對壬氏時嬌羞的模樣。說她是人生贏家都不為過。

「……聽聞我娘與阿多娘娘曾是朋友。」

「這樣呀。」

既然是朋友的女兒，備加疼愛是當然的。

「又聽說兩人常與皇上一同飲茶。」

「……」

「我父親是養子，母親是直系之出，據說還曾經是東宮妃的候補人選。」

不，這太……貓貓很想搖頭否定。

當時的東宮妃是阿多，且已無法生育。皇上沒有其他嬪妃，先帝又已病入膏肓。在這種時候，如果身邊有另一位嬪妃人選……

「當時父親已經以養子的身分進了家門。可是，父親對我……」

說是從沒把她當女兒看。

「皇弟殿下是位翩翩公子，只是跟我……」

這話聽起來像是真心話。這位嬪妃正值懷春的年紀，但還有最低限度的對錯之分，值得慶幸。

（不，這……）

假如不拐彎抹角的話，也許這樣說才正確。

（就是說也許皇帝才是她的親生父親。）

而如果跟皇弟壬氏結婚，貓貓知道這將是一件不堪入耳的事。不管怎麼想，都是近親通婚。

老實講貓貓很不想查。但是說辦不到又總覺得不甘心。

懷抱膚淺的自尊心是一件麻煩事，而以貓貓來說，其中還包含了好奇心，所以更是麻煩。

想到如何驗明父女身分，老實講，推算當時交媾的時日與出生日期是最簡單的方法。

嗯，辦不到，這沒辦法。既不能直接去問里樹妃的父親，更不能去問皇帝，否則貓貓就要身首異處了。

要是像玉葉后那樣擁有紅髮碧眼就好懂多了。里樹妃雖然生得我見猶憐，但容貌以茘國人民而論並不奇特。頭髮又黑又直，眼睛也與頭髮同色。雖不知道父親卯柳長得什麼模樣，但想必沒有能斷定為父女的明確證據。

事情就是這樣，貓貓來到了客棧的一個房間。翠苓在房裡滿臉不悅地攪拌膏藥。

「妳想幹麼？」

貓貓不懂得反省自己平素的態度，只心想「這女人反應真冷淡」。心思也許都寫在臉上了，但貓貓當然不會介意。

房間裡除了手臂被人砍斷的男子之外，還有兩名傷患。兩人雖然性命都沒有大礙，但聽說會暫時在這裡養傷。

（這股藥味總是能讓我心靈平靜呢——）

翠苓咯吱咯吱地攪拌的想必是拔膿膏了。她把黏糊糊的膏藥換裝到碗裡，解開齜牙咧嘴的傷患身上的白布條。兩人分別讓貓貓與翠苓縫過傷口，光用想的就知道很痛，但兩人都有努力忍耐。貓貓覺得多虧於此，傷口縫得還算不壞。

「有沒有退燒藥？」

翠苓一邊觀察傷口的狀態一邊說。

「小女子只有藥材。」

「那麻煩分我一點。我這邊的似乎不夠用。」

受傷會使人發燒。這附近一帶弄不到藥材，而且貓貓已經看過了此地的藥舖，可能是因為缺乏藥材的關係，沒賣多少好藥。此地雖然是商路旁的驛站，但沒有販賣來自海外的高級品。

貓貓很希望市面上能再多賣些物美價廉的藥品。

貓貓離開房間去拿翠苓要的藥材時，碰上了一個在走廊上亂晃的人。

「哦，姑娘好啊。」

（我心情可不好。）

原來是之前那個講話口音奇怪的鏢師。這個一副諂媚相的男子又不是里樹妃，卻像她一樣忸忸怩怩的。

「怎麼了嗎？」

「沒有，只是擔心傷患的情形。小人手邊正好有不錯的藥，想問問能不能幫上忙。」

「多少錢？」

「快……快別這麼說！小人不要一毛錢，治療傷患要緊。」

雖然非常可疑，不過他大概是想討好客官吧。他們僱用這名男子，本是為了碰上盜賊時能安然脫身。一問之下，才得知阿多僱用的鏢師跟這男子是同個村子出身。而該名鏢師一知道盜賊不是平時那幫人，二話不說就開溜了。護衛就是在大罵那人時，被盜匪趁隙砍斷了手臂。

這類生意講究的是信用。同行失敗，其他不相關的人也會受連累。

「就是這個。這是以前人家給小人的止痛藥，不曉得能不能用？」

說著，鏢師拿出了容器。裡面裝有像是黑糖的東西。

「……這是！」

貓貓從鏢師手中把藥搶來，拿給翠苓看。翠苓也睜大眼睛，一臉驚訝。

「你怎麼會有這種東西？」

翠苓狠狠瞪了鏢師一眼。由於翠苓外貌如同青年，鏢師不禁退縮了一下。

「鏢師用過這藥嗎？」

「咦！呃呃，其實小人不知道該怎麼用，正想問兩位呢。」

「原來如此，真是僥倖。」

鏢師看起來不像在說謊。假如一直有在使用，恐怕就不能像現在這樣正常幹活了。

容器裡的東西確實有止痛功效，是很有用的藥。但前提是不能用錯方法。

這比抽大麻更可怕。

「謝謝鏢師，那我們就用了。不過，還請鏢師將得到這藥的事情經過仔細告訴我們。」

容器裡的東西是阿芙蓉，也就是鴉片。

問題一波未平，一波又起，然後在奇妙之處產生關連。據鏢師所說，這是一名與江湖藝人同行的商人贈與他的，說是「能令人心怡神悅，消除塵世的傷痛」。

鏢師若是懂得深入解釋，恐怕早已聽出其中的暗示了。

（根本是招攬人買麻藥時的那一套嘛。）

至於使用方式，在鏢師作為生意地盤的驛站，居民都拿大麻當菸草抽。幸好那商人為了省事，沒跟他說使用方式如同大麻。這男子從未抽過菸草。

大麻菸草有成癮性。而抽慣了大麻的人如果去碰阿芙蓉，後果不堪設想。

然後，鏢師說出了一番決定性的話來。貓貓她們問他對方是何種商隊，結果得到了這個答案——

「小人只瞄到了一眼，在藝人當中看見了他們珍藏的一位大姊。說是大姊，其實還很年輕，大概剛過十五吧。」

他說那是大約一年前的事了。

「她有著一頭小人從沒見過的白髮，忘也忘不掉。那可是蛇神娘娘的化身啊，一定是在人間微服出巡吧。哦，這事小人還是頭一次跟別人說哩。」

聽到白髮會想起什麼，就無需贅言了。講到一年前，那時她還沒來到京城。

鏢師之所以完全沒想到這是麻藥，只以為是寶貴的止痛藥，或許就是起因自他這種奇妙的虔誠信仰。貓貓覺得這男的實在很幸運。

多虧這寶貴的藥，傷患的疼痛似乎減輕了些。保存狀況不好，貓貓原本還擔心會不會已經失了藥效。雖然對鏢師的信仰心過意不去，但貓貓決定全部收下。酬勞有給多一些，藥錢也照付，不會讓他有怨言。

就在問題堆積如山，愈顯混亂之時，又來了個新的問題。

那些盜賊中的一人，身上有蛇形刺青。而且雙手手腕戴著的成對細繩原為白色，仿照的是雙蛇交尾扭轉的模樣。即使想問話，也不見得能問出像樣的證詞。

因為那些盜賊，全是鴉片成癮者。

十三話　西都　第一日

湧現的問題沒得到解決就結束了，所幸後來直到抵達目的地，一路旅途都平安。壬氏可能因為有阿多或里樹妃在的關係，沒亂找貓貓開玩笑。取而代之地，貓貓常常與翠苓共處。雖然同為藥師，但師父不同，調合方法也有差別。能學到新知讓貓貓很開心。

綠意漸漸變得稀疏，砂礫遍野的大地鋪展開來。貓貓是第一次看到宛若水面的砂土大地，忍不住讚嘆地叫出聲音。為了不讓沙子沾到臉上，他們用面紗包住頭。日光受到砂土反射而變得強烈熱辣，但野營時卻冷得凍人。貓貓完全沒料到會是這種旅程，所幸他們事先對氣候有所了解，而幫貓貓準備了替換衣物，但竟然連褻衣都有準備，不得不說心情十分複雜。

他們還叮嚀眾人提防夜裡出現的蠍子或毒蛇，然而怕蟲子的翠苓燒了多到異常的除蟲香料，因此幾乎都沒看到。著實遺憾。

里樹妃比貓貓更辛苦。但畢竟是貴為嬪妃，她幾乎沒表現在臉上。性情怯懦的她被侍女緊跟著，似乎無法好好跟人說上一句話。唯一值得慶幸的或許是阿多關心她，偶爾會跟她說話吧。

話說回來，假如里樹妃真是皇帝的私生子，阿多會怎麼做呢？在東宮時期，皇帝除了阿多之外沒有第二個嬪妃。她是會懷抱複雜的心情，抑或是無動於衷？只是，她以為是出自善意的行為，將會因此而全部適得其反。甚至還有一種可能，就是她早已知情。

（實在不願意這麼想。）

倘若不是視如己出而是真正的親生女，那個皇上再怎麼離譜也不可能對她出手。話雖如此，如果對象是壬氏呢？

掌權者的婚姻當中，有不少近親通婚的例子。有些情況下也會讓姪女、父母的姊妹或異母妹妹進入後宮。只是血統太濃的結果，有時會導致所有人死於同一種疾病。考慮到先帝時代的狀況，貓貓覺得皇上不太可能重蹈覆轍。

總而言之，抵達西都讓她鬆了口氣。

這座城市與皇宮的所在地相比，又是另一種熱鬧景況。在風沙滾滾之中，人們以寶貴的水源為中心發展出此一場所。相較於皇都縱橫劃分成棋盤狀，此地給人紛紜雜沓的印象。

「雖然早有耳聞了，不過感覺很容易迷路。」

許久沒聽到壬氏的嗓音了。阿多似乎已經察覺他是壬氏，不過其他人都還沒發現。翠苓或許也察覺了，但總之都不會說破。

要是知道風華絕代的公子就在自己身邊旅行了這麼長一段日子，里樹妃不知會作何反應。她會將壬氏視為配婚對象的人選，抑或是異母哥哥……不，以叔父視之？

壬氏總算把臉頰的燒傷洗掉了。可能因為將近一個月都畫這種妝的關係，顏料滲進臉頰洗不掉。他似乎感到很在意，頻頻用手去擦。

西都呈現一片喜慶氛圍，大概是其他重臣或外國使者已經蒞臨了吧。

市集開張，鞭炮聲不絕於耳。乳白色的牆壁與赤褐色的瓦片映入眼簾，遮陽布填滿了它們之間的空隙，隨風飄揚。肉舖除了雞隻之外還拴著羊。攤販販賣著許多灑滿辛香料的小吃，讓貓貓看得目不暇給，但一行人一路往位於水源附近的大宅前進。

光看整棟宅子毫不吝惜地使用了大量木材建造，就知道這宅第是位高權重之人的官邸。可能因為位置偎傍水源，整個地方綠意盎然。植物葉子形狀大多不扁不闊，有很多貓貓不常看到的植物。在富麗堂皇的大門前，一位慈眉善目，像是主人的中年人與他的一群隨從正等候著壬氏等人。

先是壬氏，接著是阿多下了馬車。看到壬氏亮相，所有人無不睜圓了眼。就連同行者都吃了一驚，可見是真的沒發現。

一位閃耀動人的翩翩貴公子，站在眾人眼前。

「歡迎各位遠道前來。」

貓貓不知為何，對那人的容貌感到有些懷念。溫潤慈祥的眼神讓她產生了親近感。

「我是此地的太守楊玉袁。」

講話口氣不拘小節，但聽起來不惹人厭。

「小女受各位照顧了。」

（啊！）

貓貓終於知道這個中年人是誰了。雖然頭髮與眼睛皆為黑色，但氣質像極了玉葉后。

「各位一路上舟車勞頓，就先別長談了吧。房裡已經準備了入浴用的熱水，請各位好生歇息。」

「感激不盡。」

壬氏只說了這麼一句，就往官邸裡走去，貓貓也隨後跟上。

（這樣好嗎？）

貓貓看到人家領著她來到的房間，吃了一驚。她明白皇弟的隨從的確不能怠慢，但貓貓不配住這麼好的房間。

地板鋪滿了長毛地氈，就摸起來的感覺除了獸毛，似乎還加了絲。床鋪是華蓋床，掛有繡著精細圖案的帷幔。桌上放著玻璃杯，附有銀杯耳。再加上一籃子的棗乾，簡直有如異國故事畫卷的插畫。

（不會晚點跟我收錢吧。）

貓貓一面如此想，一面咬了口棗乾。水分都曬乾了，甜味濃厚。雖然可口，但有點太甜了，她只吃一個意思意思。

她很想在府邸裡走走看看，但擅自亂跑恐怕會挨罵。今天接到的吩咐是先各自用膳休息。

晚宴或筵席據說是自明日起連續舉行數日，白天光是會晤就忙不過來了。本以為那些達官貴人才不會管別人累不累，一律都用筵席來歡迎貴賓，不過不愧是玉葉后的父親，這方面都有顧慮到。

不只如此，連入浴都準備好了，貓貓由衷感謝他。水在此地想必比什麼都珍貴。只是用整塊大理石作成的浴池讓她有些退縮。

出浴後，貓貓走到露臺上。雖然溼頭髮很快就能吹乾，但可能會弄得滿頭沙子；就在貓貓打算回房時……

（！）

她聽見了某種說話的聲音。她左右張望，但沒看到正在說話的人影。看來是隔壁房間在吵鬧。

（哎喲，這還真是……）

枉費了房間牆壁這麼厚，敞開著窗戶說話豈不是都被聽見了？貓貓一面作如此想，一面從露臺的欄杆探出身子。愛偷窺也要有個限度。

「妳來這裡做什麼！」

嗯，是女子的嗓音，還很年輕。不過，記得隔壁應該是里樹妃的房間才對。

「……」

總覺得好像聽見有人細聲囁嚅，又好像沒有。也許是里樹妃在說話。

「我在問妳想幹什麼！是想壞我的好事嗎！妳每一次都這樣。」

女子似乎在劈頭蓋臉地責罵里樹妃。能表現出如此清楚的惡意，聽了反倒爽快。但是接著，貓貓聽見了「啪！」一下拍打聲。

貓貓從露臺回到房間，然後悄悄偷看了一下走廊。

隔壁房間出來一個走路裝模作樣，好像會叮叮噹噹響的姑娘。姑娘用團扇遮嘴，擺出一副架子。在房外等候的侍女緩緩低頭。其中兩人跟著姑娘身後走去，其餘一人走進房間。為了吵架而特地屏退旁人是無妨，但或許該勸她們關上窗戶比較好。

貓貓確定走出房間的姑娘消失在走廊轉角後，敲了敲里樹妃的房門。回到房裡的侍女來開門，看到不是方才那幾個姑娘，露出稍稍放心的神情。

「可否准小女子進房？」

貓貓講得大聲點好讓房裡的里樹妃聽見。侍女用小跑步回到房間深處，然後又折了回來。

「請進。」

聽說那位侍女長沒來，而這次跟著嬪妃的侍女給人感覺比較公事公辦。

里樹妃坐在椅子上等貓貓來。不過看後頭的床鋪有點凌亂，她在方才那件事之後應該是鑽進了被窩。枕頭有點水漬，髮型也稍稍走了樣。她之所以稍稍把臉別開，想必不是不想與貓貓目光碰上，而是要隱藏挨打的臉頰。臉頰看起來又紅又腫。

「請讓小女子看看。」

「……」

既然得知貓貓知道自己挨打，里樹妃也就乖乖地抬起了頭。

「可以請妳去拿水來嗎？」

貓貓如此命令公事公辦的侍女。侍女雖然一臉納悶，但貓貓補上一句酸話：

「方才不是人家叫妳離席，妳就離席了嗎？」

侍女一聽就離開了房間。

貓貓站到里樹妃面前，扶起她的下頷。臉頰雖然有點腫，但很快就會消了。

「為防萬一，可以讓小女子看看您的嘴裡嗎？」

里樹妃有些羞赧地張開嘴巴。潔白的牙齒排列得整整齊齊，嘴裡也沒破皮。

（哦？）

貓貓一邊覺得「真罕見」，一邊目不轉睛地盯著嘴裡瞧，結果里樹妃的表情變得越來越怪。貓貓覺得不好意思，於是不再繼續窺視。

「方才那位姑娘下手似乎蠻重的，請問她是哪位？」

「是我的異母姊姊。」

里樹妃的父親卯柳，在里樹妃的母親過世後，立刻就把繼室娶進了門。她說繼母原本就是父親的妾室，早已有了異母兄姊，而姊姊就是方才那人。

嬪妃的父母親是她祖父母的兄弟姊妹之孫，關係上是父親入贅到卯字一族的直系，也就是母親的家裡。雖然家族結構近似於子字一族，不同的是對待正室之女里樹妃的方式。嬪妃的外祖父外祖母已經辭世，家族實權握在卯柳手裡。分明自己早已跟妾室生了子女，卻還懷疑妻子不貞而對里樹妃不理不睬，真是小肚雞腸。

假如里樹妃真是皇帝的私生女，難道他不會覺得撿到了嗎？而且照那樣子看來，父親似乎比較寵姊姊。

「娘娘所說的生父問題，莫非是剛才那位姊姊告訴您的？」

「……」

沉默就代表肯定。

「講到盜賊的事情時您含混帶過，我猜也是因為在那方面有頭緒吧？」

姊姊嫉妒妹妹而派出刺客。貓貓雖不願這麼想，但難保沒這個可能性。

「……這我不太清楚。」

只是不難想見里樹妃一定備受欺凌。她的表情訴說了這一點。

今天說是各自在房間裡用膳，但這樣做或許不太好。貓貓試著如此提議：

「可否准許小女子今晚與您一同用膳？還有，小女子可以去請請看阿多娘娘，您覺得呢？」

聽到阿多的名字，里樹妃烏雲密布的神情頓時像是晴空萬里。阿多想必不會拒絕，這樣一來貓貓也能為嬪妃試毒。會派出刺客暗算別人的人，當然也可能在膳食裡摻點毒藥。

（雖不知道究竟是誰的女兒……）

但這又不是當事人的過錯，貓貓覺得里樹妃很可憐。貓貓好歹也有這點程度的善意。

阿多爽快地答應一起用膳。她們請人將膳食端到同一個地方後，貼心的廚子為她們布置了飯廳。這是個有著圓形天花板、鑲滿彩色玻璃的房間。玻璃想必是從西方運來的，一點起燈火就有如寶石般美麗璀璨。

「真不錯。」

阿多撫著下頷點頭，里樹妃兩眼閃閃發亮。貓貓心想玻璃裡不知道放了什麼才能有這種顏色。

「讓我們用這個房間不要緊嗎？」

對於阿多的詢問，廚子微微笑了起來。

「以前這兒是供小姐跟眾人用膳的飯廳，但這幾年來已經很少有人使用了。」

小姐指的或許是玉葉后了。

「這兒原本是以祭祀異邦神祇的廟宇移築而成，只要各位不嫌棄的話儘管使用。當然，異教徒是不會來這兒拜神的。」

原來如此，貓貓感到很不可思議。這個國家不會排斥異教徒，但她可不想被人強行傳教。

「啊——我不在意。」

「只要阿多娘娘不在意的話……」

「那個玻璃是怎麼做的？」

廚子看三人都不介意，鬆了口氣，就吩咐侍者去備膳。房間打掃得一塵不染，貓貓像個惡婆婆似的檢查有沒有灰塵，但指尖都很乾淨。

阿多說她也問過翠苓，但她拒絕了。阿多不知怎地好像很喜歡翠苓。話說回來，明明在座全是女子，但是如果阿多與翠苓都在，看起來說不定會變得像二對二相親。

感覺走廊上好像有個人影恨恨地看著她們，但貓貓不在意。

三人一同享受了充滿異國情調的珍饈。

「那麼這裡小女子來收拾就好。」

用完膳後，貓貓如此說道，讓阿多與里樹妃先回去。阿多的房間在里樹妃房間的斜對面，想必不會半路被那壞心眼姊姊纏上。

「我也來幫忙吧。」

「不用麻煩，小女子只是去請侍者來罷了。」

方才膳食送上後，阿多說想慢慢聊，於是讓侍者退下了。說話的幾乎都是阿多與里樹妃，貓貓直到最後都只是附和。內容是關於旅途中的遭遇、一點小回憶，或是西都的熱鬧景況。能夠閒話家常似乎讓里樹妃很開心，自始至終都笑咪咪的。

玉葉后的老家很寬敞。貓貓到處尋找侍者，險些迷路。

（記得應該是在這兒右轉。）

貓貓一面如此想一面走動，忽然感覺背後有人。貓貓一走就聽見腳步聲，一止步就聽不見了。她回頭看了看。

「……」

「……」

她與神情尷尬的馬閃對上了目光。

「怎麼了嗎？」

「沒有，沒什麼。」

這個男的不善說謊。他露骨地別開目光。

「您迷路了嗎？」

「……誰……誰迷路了啊。」

糟糕，這樣真能勝任壬氏的親信位子嗎？看了都覺得有趣了。這時候一味追問可能只會害他鬧彆扭，就好心佯裝不知吧。

「那麼難得有這機會，可否請侍衛送小女子回房？這兒離廂房有點遠。」

「真拿妳沒轍。」

記得馬閃的房間應該在隔壁廂房，一起走到那裡之後總不至於還迷路吧。真是個需要人照顧的傢伙。貓貓也沒貼心到會跟一個給自己添麻煩的傢伙找話講，本以為會一路沉默無語，沒想到馬閃主動跟她說話了。
「我問妳，妳知道里樹妃是什麼樣的人嗎？」
在咯咯作響的蹬音中，他輕聲開口。
「小女子認為這事問壬總管比較妥當。」
「就是問不了，我才在傷腦筋。」
馬閃表情嚴肅地回答。
（原來如此啊。）
馬閃似乎知道此次會晤的另一目的是為壬氏擇妻，於是想打探一下里樹妃這個較為明顯的候補人選是什麼樣的人。
「小女子只能說……」
雖然個性膽小愛哭，很多方面都還稚氣未脫，但說得好聽點就是未經世故。稚氣的部分要看個人喜好，不過基本上還是惹人憐愛，讓人很想保護她。
「……真是如此？」
「侍衛為何如此多疑？」
馬閃兩眼直瞪著貓貓，用雙臂抱胸的姿勢招手把貓貓叫到一旁。兩人離開迴廊，躲到庭園的岩石後面。天氣很冷，貓貓希望他能長話短說。

「因為不管是壬總管還是父親，聽到這個名字時都似乎有難言之隱。」

「何故如此？」

貓貓裝傻，並且決定如果馬閃聽過里樹妃可能是皇帝私生女的傳聞，就閃爍其詞。

「家世方面，雖然出自最近好出風頭的卯字一族讓人介意，但還不到必須回絕的地步。

不，毋寧說……」

「呃，請您別一個人唸唸有詞啊。」

貓貓不去反省自己平時的樣子，對低聲沉吟的馬閃說。

「……妳不會說出去吧？」

「那算了，小女子也不怎麼想聽。」

「喂，都講到這裡了，就讓我講完吧。」

說完，馬閃對貓貓耳語：

「皇上有意拿里樹妃賜婚，對象是壬總管。」

「那可真是不得了。」

其實貓貓早就知道了，所以沒有很驚訝。這似乎讓馬閃很不滿意。

「妳不覺得茲事體大嗎？」

「不，與其擔心別人，我自己都嫁不出去了。」

「這倒也是。」

貓貓覺得這男的就是因為會對這種話表示贊同，才會不得姑娘歡心。

壬氏與里樹妃以年齡來說正匹配。壬氏虛歲二十，里樹妃十六歲。外貌是壬氏稍稍老氣……更正，是較為成熟，但完全還在容許範圍內。

壬氏是皇弟，雖然目前東宮是玉葉后的皇子，但皇位繼承順位還很高。里樹妃與其待在競爭率特高的皇上後宮，倒不如嫁給尚未娶妻納妾的壬氏。

將來就算當不了國母，至少能成為宰相之妻。當然如此將會與國內女子以及部分男子為敵，但仍算是夠好的一張安全牌。

所謂的掌權者，必須把結婚這事看得透徹。白鈴小姐主張的自由戀愛無啻於幻想。

縱然其中隱藏著名為近親通婚的陰影，就算事實如此，只要是異母兄妹就不妨事。雖然從健康觀點來說最好避免，不過這個男人不太可能知道那麼多。

表面上，里樹妃可說是這次最有力的人選。

貓貓盯著身邊的人瞧。馬閃身為壬氏的奶兄弟，應該也明白這一點。但他的心中似乎有著難以言喻的焦急之情。

直截了當地說就是……

（婆婆挑剔媳婦。）

看來馬閃是想親眼確認里樹妃配不配侍奉才貌雙全的貴人。

「父親好像面有難色。」

似乎是這樣才讓他心生不安。

（也是啦。）

若是高順的話，也許對壬氏或里樹妃的身世知道些什麼。

看在壬氏眼裡，里樹妃本身應該是普通的一個選擇。她生得惹人憐愛，再過數年就會更成熟些。雖說不上才華出眾，但也不會強出頭。只是親戚血緣關係有些麻煩，但無論從哪裡娶妻，或多或少都會有此問題。

「搞不好是有什麼缺陷。」

馬閃鼻子噴氣地說。

（不要說人家有缺陷啦。）

這種話要是讓某些人聽到，就等著被圍毆了。

「侍衛若是這樣百般牽掛，直接去看看不就得了？」

「咦？」

「娘娘雖然的確怕生，這回每次出現在男子面前時都一直以紗蒙面，但只要混熟了，就會慢慢說得上話的。」

像她現在就已經敢當著翠苓的面說話了。只是里樹妃似乎以為翠苓是男兒身，不曾直接跟她說話。幸好里樹妃沒見過翠苓。或許在後宮有擦身而過幾次，但似乎沒留下記憶。

「真要說的話，不正是馬侍衛您救了阿多娘娘的馬車嗎？您大可以頂著恩人的頭銜，趁里樹娘娘與阿多娘娘一起的時候接近她呀。」

「是……是啊……」

總覺得馬閃回答得不乾不脆。他看似尷尬地稍稍轉移目光。

「可是，那些女子……不是都怕像我這樣的人嗎？」

（啊？）

這人在說什麼？貓貓聽不太懂。

「您不是還差點被人破了童子身嗎？」

「住口！」

他似乎是想起了白鈴小姐的事，滿臉通紅，激動地大聲嚷嚷起來。可能是嗓門太大被人聽見了，喀喀的腳步聲往他們這兒靠近。

馬閃急忙摀住貓貓的嘴。力氣很大，貓貓險些沒怪叫出聲。

（明明是你在吵鬧。）

貓貓覺得很沒意思，安分地不動。

「有人在那兒嗎？」

貓貓聽見了彬彬有禮的聲音。對方似乎不只一人，離他們愈來愈近了。貓貓依然被馬閃按住，在近距離內聽見他的心跳聲。

（這傢伙力氣大得離譜。）

貓貓痛得蹙額顰眉，希望事情能早點結束。

在黑暗中看不清楚，不過好像是三名男子。其中一人接近他們，正好就在貓貓他們的面前，中間只隔著一塊岩石。

「許是多心了吧？」

男子打算直接離開。但這聲音貓貓覺得耳熟。

「是嗎？話說回來，馬閃上哪兒去了？」

「！」

馬閃的心臟漏了一拍。貓貓聽見踩斷樹枝的啪嘰一聲。

（唉——）

站在外頭的，原來是正在找馬閃的壬氏。而幫忙他找人的，則是戴著圓眼鏡的羅半與年近三十的儒雅小生陸孫。

十四話　西都　第二日

翌日，羅半來找貓貓。

「哎呀哎呀，我忘了說了。」

狐狸眼捲毛男一邊啜茶一邊說，身旁坐著相貌柔和的陸孫。此處是府邸裡的涼亭，可能因為依傍水源（綠洲）的關係，有徐徐清風吹進亭子。看來在結構上下了適於乘涼的工夫。

「我也被叫來這裡了。原因有幾個，總之怎麼說呢？就是談生意。」

只要是數字方面的差事，這男的不可能不搶著做，稱得上適任人選。至於另一名男子為何出現在這裡——

「在下的上司似乎不想離開京城，所以在下代替前來。」

「哦，真是位沒用的上司呢。」

「貓貓，我是不討厭妳這種性子，但在這種場合還是謹慎點吧。」

羅半難得說出了人話來。貓貓明白，所以她有注意講話方式要客氣點。

昨夜在那件事之後，似乎發生了許多不得了的事情。當時由於夜已深了，他們要貓貓立刻回房間去，她只知道後來似乎發生了不少狀況。總之貓貓嫌麻煩，所以一律沒理會。被馬閃抓住的地方都變紅了，她那時急著冰敷。

至於這個壬氏與馬閃，據說今天白日有會晤。這場會晤基本上算是宴飲兼談政事，一聽就覺得一定是勾心鬥角麻煩透頂。光是應付女兒貴為皇后的玉袁就夠不簡單了，還有一群外國人參與，想必讓他們心情更是沉重。

「話說回來，你找我何事？」

「是這樣的。」

羅半用食指把眼鏡往上一推，從懷裡掏出一張紙來。紙上用細毛筆畫著懸賞圖。

「這是……」

是女子的畫像。還稱得上是個年輕姑娘，面容端正。光是這樣的話還認不出來，但注釋寫著「紅眼、白髮、白膚」。這麼一來，能想到的就只有一個人。

「你問白娘娘的話，你不是跟我一起看過了嗎？」

「是啊，看過了。」

「但是……」羅半拿出另一張紙給她看。

「誰啊？」

這次是一名男子的懸賞圖。可是，畫像畢竟與真人有差異，更何況貓貓不太會去記她不感興趣的人長什麼樣子。換言之就是認不出來。羅半把兩幅懸賞圖擺在一塊。

（嗯？）

不知怎地，好像快想起來了又好像想不起來。難道是以前見過的人物？

「數日前，我們找到了這名男子。」

「是，正如大人所言。」

旁邊的陸孫如此斷言。

「陸孫閣下只要見過一次別人的長相，就永遠不會忘記。」

「在下也就這點長處了。」

陸孫不好意思地說。的確，他看起來不適合當武官。但若是為那個完全無法判斷他人長相的怪人軍師效力，身懷此種長才絕不會吃虧。那個妖魔鬼怪似的單眼鏡怪人很會發掘這類異才。

「什麼時候的事？」

「大約兩日前。他大概沒想到會被捉住吧，正在像個奴才似的給運貨馬車搬貨。」

豈止如此……

「而且那還是砂歐商人的貨呢。」

從這個國家翻越西方的沙漠地帶，就是砂歐國了。該地除了南部有山地之外，處於三面受大國環伺的地理環境。記得去年來到國內的兩位女使節就是該國出身。而其中一名使節，與子字一族進行過突火槍的交易。

貓貓臉色一沉。

「……這豈不是很不妙嗎？」

「照常理來想恐怕是很不妙。」

在京城興風作浪之輩，如今混入了外國商人當中。豈止如此，在白娘娘這方面還有可能持有鴉片，並且與盜賊狼狽為奸。

即使是不懂政事的貓貓，聽到外國窩藏了這種人，也知道當中的危險性。

「豈止如此，砂歐由於國情問題，還是不可侵犯之地。」

換言之，就算想把對方捉來治罪，他們這邊也不能輕舉妄動。

「照理來講，應該是碰不得的啊。」

既然是遠道前來這個國家的商人，行動上不太可能不受國家命令。

「就是因為這點說不準才傷腦筋。」

畢竟作證的就只有這麼個記憶力強的部下，就算本人說是，旁人必定會說只有一人看見，有可能是看錯了。如若要通知京城，從這裡無論如何快馬加鞭都得花上十幾日。再等回覆就要花加倍的時日。

於是，結果好像就落到貓貓頭上來了。

「所以呢？」

「我希望妳能參加宴席。我房間不是都為妳準備好了？妳如今是羅字一族的千金了。」

「……」

看到貓貓的表情，羅半皺起眉頭。

「唉，妳別這樣把牙齦都露出來好嗎？不知道會被誰瞧見呢。看，陸孫閣下都被妳嚇著了不是？」

「在下什麼也沒看見。」

陸孫若無其事地仰望著藍天。這人性情或許還滿滑頭滑腦的。

換言之，無論那名男子是否真為朝廷要犯，羅半都不能以此為由拒談這筆重要生意，可是若是有個萬一就糟了。假如該名男子正是要犯，白娘娘想必也跟他一起。這麼一來，對方可能用煉金術作出未知的毒藥毒害羅半。也有可能用上麻藥，或是更意想不到的計謀。

「是不是很好奇啊？搞不好能見識到珍奇的毒物喔。」

竟然使出這種卑鄙的手段，想用這招拉攏貓貓？

「如果順利逮到人犯，我可以讓妳去查清那是何種毒藥。」

「……」

「妳不想知道就算了。」

看到貓貓嘆一口氣，羅半微微一笑。對啦，沒錯，貓貓答應了。但是貓貓不甘心白白答應他，一定要撈到點好處作代價才行。當然，跑腿費也照收不誤。

無意間，貓貓想起了里樹妃的事。

「大人說過您對別人的長相過目不忘，對吧？」

貓貓對陸孫詢問。

「是，就是個枯燥無趣的長才罷了。」

陸孫將視線從天空拉回來說。

「那麼，大人能否從相貌判斷血緣關係，像是父母子女呢？」

「判斷血緣啊，這就難說了。」

親子之間即使相貌不同，子女身上總會有些特徵遺傳自父母。貓貓原本是希望能請陸孫找出這類特徵。

「但那終究只是在下的個人觀感，更何況若沒有更明確的理由，恐怕難以稱為證據。」

「是啊。」

羅半也表示同意。貓貓怨恨地看向羅半。

「那你有什麼好主意嗎？」

這個男人看世間的眼光也同樣獨到，最起碼這點忙應該幫得上。

「拿我看見的事物當根據，大概沒有任何人會接受吧？」

貓貓心想「講得有理」。判定標準必須明確，否則即使是事實也無法證實。父母能遺傳給子女的身體特徵種類繁多，既不會全部符合，而且也只是可能遺傳到罷了。最起碼得找到可令眾人信服的特徵才行。

「抱歉在下力有未逮。」

「不，快別這麼說。」

「還有，有句話不知當不當講。」

陸孫躊躇片刻後，接著說道：

「能否請姑娘去一趟羅漢大人的府邸呢？」

「……可否請大人別再提這事了？」

陸孫看起來不像壞人，但事情總是有分可以提跟不該提的。貓貓的神情不悅地扭曲起來。

「請姑娘見諒。」

陸孫緩緩低頭致歉後，表示「在下該去處理差事了」，就離開了涼亭。

羅半用難以形容的神情看向貓貓。

「妳真不願來一趟？」

「你敢再提，就別怪我拒絕剛才那件事。」

陸孫一不在，貓貓講話口氣就粗魯起來。

「好啦，不要再不高興了。妳不想要我與西方商人談生意的貿易品了？」

搞半天又拿東西釣人？當然想要啊。見貓貓不說話，羅半若有所思地盯著貓貓瞧。

「對了，話說回來……」

「怎樣？」

貓貓的態度多少變得惡劣了點，就請他多多包涵吧。她喝一口請侍者準備的茶。

「昨夜妳與馬閃閣下好像是沒怎樣啊。」

這時候沒把嘴裡的茶噴出來，足可證實貓貓是個成熟的大人。茶味頓時變得苦澀不堪，她咕嘟一聲嚥下。這事跟父母子女又有什麼關係了？

「馬侍衛是童——」

「行了，別說了，不用說了。不要把可憐人的祕密抖出來。」

說得對，貓貓失禮了。從態度也大概看得出來，那個年紀的男子都不願讓人知道這種事情。如果是怕羞，其實可以讓白鈴小姐溫柔地指導他的。難得讓喜愛勻稱肌肉的小姐看中，何不就依偎在她的溫柔鄉裡呢？

「妳是不是在打什麼壞主意？」

羅半瞇起眼睛。

「不懂你在說什麼。」

貓貓可沒在打什麼把馬閃塞進白鈴小姐香閨的主意。

「是嗎？那麼……」

羅半說出了驚人的話來。

「不知妳願不願意請求皇弟殿下，請他賜種給妳？」

不曉得能不能拿剩下的茶潑他？不過這裡好歹是別人的府邸，就忍忍吧。

「……」

「反正妳一定是只想生孩子看看，卻不想養小孩吧。如果是皇弟之子，我願意細心撫養，妳繼續過妳的逍遙日子。妳也不用一定要作他的正室，只要發生幾次過錯就行了。這樣我這邊也能得到繼承人，皆大歡喜。」

「你自己不會去生啊。」

貓貓用低沉嚇人的聲音回答。

「偏偏找不到理想的對象啊。」

他所謂的理想對象，八成是活像把壬氏直接變成女人的那種傾國美女吧。那種絕世美女要是隨處可見，那還得了。

「皇弟殿下著實令我惋惜，都已經留下那樣的傷疤了，居然還沒人能勝過他的美貌。」

「索性把你的命根子切掉，裝個子宮進去怎麼樣？」

「……辦得到嗎？」

一臉嚴肅的羅半十分嚇人。貓貓回答「無法」之後，他略顯遺憾地低頭。此人雖不好男風，但似乎能接受變性。真不懂他的標準在哪。

羅半大概是覺得既然不能跟壬氏生兒育女，若能讓別人懷上壬氏的種，就能生下容貌相近的子女吧。像貓貓臉部缺乏特徵，說不定能留下較多壬氏的特徵，而且也利於找藉口收養。

還有他說是繼承人，但如果是女兒呢？

「我會負起責任照顧她一輩子的，放心。」

換言之，就是養大成人後要娶她為妻。還真有耐性。

貓貓很想罵他狎玩女童，但只能說他太執著於壬氏的容貌了。他堅信只要有那麼一點神似，就一定會是個極品美女。由於這傢伙實在太糟糕了，貓貓決定他如果哪天問自己有沒有認識什麼好姑娘，她絕對不會介紹給這傢伙，死都不肯。

「那就這樣了，麻煩妳拜託殿下看看吧！」

羅半對貓貓投以充滿期待的目光。貓貓把茶喝乾，一腳踩在羅半的腳尖上後離開了涼亭。

貓貓回到房間，發現裁縫來了。應該是羅半請來的，說是想稍微修一下衣服，早已把衣裳準備好了。這是一件裝飾稍稍特殊的衣裳，裙裳比較接近西式禮服。

「來，小姐，請換上衣裳吧。」

貓貓被塗著大紅唇脂的裁縫拿了好幾件衣裳試穿。以那個小氣鬼羅半來說，出手算是相當大方了。

貓貓當了半個時辰（一小時）的換裝娃娃。

等裁縫一修好衣裳回去，貓貓立刻躺到床上。這時，她發現桌上放了件東西。是一個上好的桐盒。

（是要我戴上這個嗎？）

貓貓以為裡面是帶鉤，打開一看卻是支銀簪子。一瞬間她以為是不可能出現在這兒的銀簪回來了，但她看錯了。

這是支月下花影罌粟簪，雖然漂亮，但不知送罌粟花是何用意，讓貓貓笑了起來，沒多想就往頭上插插看。簪子不可思議地適合她的頭，貓貓有些反常地就這樣插著沒拿下來。

當夜，他們與來自京城的重臣在大廳堂用膳。在壬氏還是宦官時用下流或侮蔑眼光瞧他的達官貴人，如今卻爭先恐後地去給他斟酒，讓貓貓看了真想嗤之以鼻。

貓貓坐到已經入席的羅半斜後方隔了半步的位置。此地風俗習慣上不喜歡女子與男子同席，不過基本上還是將貓貓視為貴客。壬氏坐在遠處，旁邊坐著玉袁，斜對面坐著中等個頭的中年男子。

「那個就是那個。」

羅半講話不清不楚，但貓貓很明白他在說什麼。那人就是卯柳，也就是里樹妃的父親。說長得像嬪妃是有點像，但說不像倒也不像。為了以防萬一，貓貓看向羅半。羅半明白了她的意思，但回答得有理：

「妳讓我看誰跟誰呢？」

貓貓都忘了，里樹妃那件事是不能過度公開的。貓貓覺得自己太疏忽，不過既然羅半立刻會過意來，可見宮廷內一定也有那個傳聞。

再說，由於離開後宮是特例，里樹妃在男子面前都戴著面紗不露臉。雖然露臉不算是觸犯禁忌，但大概是覺得能避免就避免吧。而在這晚宴裡，里樹妃並未出席。取而代之地卯柳身旁有個年輕女子，頻頻偷瞧壬氏。從衣裳的類別以及用團扇遮嘴的動作，貓貓認出她就是日前給了里樹妃一耳光的異母姊姊。

異母姊姊拉拉父親的衣袖，在跟他說些什麼。接著，卯柳可能是因為疼女兒，轉而向壬氏攀談，想將女兒介紹給他。

（……）

看來異母姊姊的尊貴喜好一如常人，都喜歡相貌俊逸的公子。老實說，貓貓原本覺得男女同坐一桌進晚膳是很奇怪的場面。還有貓貓雖然頭銜上是羅半的親屬，但她覺得自己一起參與這種高官雲集的筵席似乎不太妥當。結果原來是有這麼一層目的。

其餘眾家似乎也有同樣的打算，都迫不及待地想找機會把女兒介紹給壬氏。府邸主人玉袁由於女兒已是皇后，一副寬宏大量的神態，甚至還讓貓貓覺得他在偷偷觀察壬氏的態度取樂。不愧是玉葉后的父親。

眾奴婢看見壬氏的美貌，也都驚為天人，臉泛紅暈，但還沒忘記幹活，隨時注意不讓任何人的酒杯空著。

盤子一空就有下人來添新的菜餚，可惜列位高官很少動筷子。尤其卯柳更是只吃了炊熟的米飯與帶骨羊肉，其他除了倒酒之外一律拒絕。

羅半似乎對魚肉菜餚很是滿意，一個勁兒地只吃這個。貓貓覺得廚子看起來像是鬆了口氣。

貓貓也享用了魚肉。這是鹽漬青背魚，用此種方式調理以利於長期保存。雖然有股怪味，但應該是來自發酵而非腐壞。對於在京城吃慣了鮮魚的人來說，或許會覺得美中不足，不過對羅半而言似乎不像羊肉那麼腥，比較合他胃口。

貓貓毫不挑食，什麼都吃。其他高官的女兒怕弄掉胭脂，都只是淺嚐一點果子酒，但貓貓才不管那麼多。她要不是讓人換上了還算不錯的衣裳，早就被人當成混進來的下女轟出去了。有幾個好事的官員來跟貓貓客套地致意說：「是羅半閣下的妹妹嗎？」但是貓貓一用嘴巴沾滿燉雞醬汁的臉致意，就獲得了一臉苦笑。晚點一定會被人在背後說成怪人家族。

膳食裡沒有放奇怪的東西。不同於宮廷菜，菜餚裝成好幾個大盤子，採用從盤子裡取菜給眾人享用的方式。如果要用毒，只能由奴婢直接下毒。

（到時候宴席不知道會是什麼用膳形式？）

說是宴席，不過就衣裳的剪裁看來，可能跟貓貓知道的宴席不太一樣。阿爹告訴過她西方的宴席主要不是用膳，而是享受舞蹈之樂，但貓貓聽不太懂。畢竟無從想像，因此貓貓覺得假如有人要她試毒，可能會是件難事。

由於不知道誰會進食，目光只能盯緊取菜的佣人。還有，如果事前不知道裡面用了什麼食材，難保不會把香草類誤認為毒草。貓貓心裡作如此想，邊吃邊記住菜餚的味道與外觀。

不過真要說起來，其實參加宴席的基本準則是「少吃為妙」。雖然對準備宴席的玉葉后父親過意不去，但這樣做最不會出錯。

就在貓貓大快朵頤時，有人將酒杯輕輕放在她的面前。貓貓心想「好機靈的佣人啊」，結果一看，是坐在身旁的男子放的。似乎是佣人為他斟了酒，但他不喝。

「謝謝陸大人。」

她以為的機靈人，原來是那個儒雅小生。

「還請別以大人相稱，貓貓千金大小姐。」

一聽到「千金大小姐」這個稱呼，貓貓整張臉不禁皺成一團。但要特地更正對方的說法又讓她生氣，於是她拿出了條件。她真不知該如何跟這個男人相處。

「那就叫你陸孫了。」

雖然感覺有些過意不去，但她不想被人叫成什麼千金大小姐。陸孫似乎是接受了，他笑道：

「那麼在下就喚妳貓貓。在下酒量小，能否請貓貓替我喝了？」

人家都這麼說了，她也就不用客氣。

（要是酒裡放了奇怪的東西就不好了嘛。）

貓貓將嘴湊向酒杯。是葡萄酒，酒精濃度不是很高。貓貓喝點水替嘴裡去味，然後想拿下一份菜餚。

傭人都將貓貓的事情擺第二，她只好自己拿菜。畢竟男女同席的情況罕見，本來女子應該躲在男人的影子底下才符合常識。

「貓貓是要拿這個嗎？」

「謝謝。」

陸孫把貓貓想拿的菜拿給她。

看來此人跟隨那個怪人軍師不是在白領薪俸。想必正是因為聰明機靈不比尋常，才能跟得了那個男人。陸孫屢屢叫住傭人，指示他們拿這補那。

乍看之下像是愛使喚人，但他的視線卻朝向傭人的相貌或體型。

（原來是在記長相。）

看來貓貓不用記住傭人的臉了。她把這事交給這男的處理，自己只顧記住菜餚與食材的味道。

「真是支漂亮的簪子。」

「是嗎？」

這男的還不忘補句客套話。貓貓這才想起她一直插著從桐盒裡取出的簪子。雖然並不華美，但即使是外行人也看得出作工精巧。難怪那些眼尖的大戶小姐偶爾會探頭看看貓貓的腦袋，也許原因就出在這裡。

（晚點賣掉吧。）

就在貓貓如此心想之時……

只聽見餐盤摔破的乒啷一聲。貓貓望向聲音傳來的方向，看見嚇壞了的婢女以及把手高高舉起的卯柳。

「我說過我不要了。」

「……真……真對不起。」

女子害怕地收拾餐盤。餐盤似乎是被打飛到牆壁上撞破了，盤子裡的菜灑得到處都是。

（真浪費。）

婢女一定是希望貴客能嚐嚐主人特地準備的魚肉吧。貓貓不是不能體會她的心情，但以傭人來說踰矩了。旁人也都愣在原地。可能是察覺到氣氛不太好，卯柳收起了怒容。

「哎呀，我這真是失禮了。」

卯柳對旁人陪笑臉，但灑了滿地的菜餚卻無法挽回。雖說此人原本就沒什麼好風評，但貓貓覺得他這種舉動未免太欠缺考慮。

玉袁捏捏鬍子，對傭人耳語幾句。看來那個婢女要不是受罰，就是得捲鋪蓋了。只能祈求玉葉后的溫柔性情是承自父親。

十五話　宴會　上篇

處理政事不是一件輕鬆事，去了單程要二十日以上的土地，卻只逗留五日。由於這五日間塞滿了各式各樣的交際應酬，那些達官貴人無不忙得不可開交，相較之下貓貓卻沒什麼差事要做。逗留期間實在不太可能自由自在地遊覽勝跡，於是就在貓貓想去觀察一下庭院花草時，聽見了有人敲房間門的聲音。

（誰啊。）

開門一看，一名瞇起眼睛的女子站在房間門口。原來是里樹妃的異母姊姊，只是不知道名字。左右還老套地帶著跟班。

「有什麼事嗎？」

（里樹妃的房間在隔壁，別走錯啊。）

看著人格成熟不會把心裡話說出來的貓貓，尊貴的異母姊姊裝模作樣地「噗嗤」一聲笑了出來。她這讓人火冒三丈，狗眼看人低的笑聲，似乎是對貓貓外觀的感想。

「來打聲招呼罷了。畢竟同樣都是賜字家族之人，今後也許還有往來的機會。」

「賜字」這個詞彙讓貓貓的臉頰肌肉抽動了一下。雖然這次情況特殊，下不為例，但被當成那個人的親屬仍讓她火冒三丈。

面對這樣的貓貓，異母姊姊瞄了她的腦袋幾眼。

「妳昨夜似乎插了支美麗的簪子呢。」

「是嗎？不巧小女子不識貨。」

（原來都在看那種地方啊。）

這些千金小姐的眼光真的很尖。要是拿去市集賣掉恐怕會被逮到，她考慮著該上哪去變賣。

「今宵的宴席，我倒想看看妳會穿什麼樣的衣裳來。」

異母姊姊用輕飄飄的孔雀羽扇遮嘴，就揚長而去了。

看來恐怕不是打招呼而是視察敵情。沒幾個姑娘會遠道前來這種西方邊境。雖然就昨日的晚宴來看，仍然有幾人試著與壬氏打好關係。

就那搖來晃去的臀部來看，這姊姊跟里樹妃不怎麼相像。要是長得像異母姊姊，也不會懷疑自己是私生女了。

可是，假若里樹妃的父親真是皇帝，貓貓覺得她應該要更懂得鑽營才是。老實說，貓貓黑心地認為這種身分多得是利用之道。

回到正題，由於一大清早就莫名被人瞧不起，貓貓重新打起精神走到庭院。運用珍貴水源打造的庭院，在這乾燥地區代表了權勢。話雖如此，貓貓不認為這是浪費。況且太守畢竟是玉葉后的父親，看起來不像是揮霍無度的人。就貓貓記憶中翡翠宮的那些宮女來說，這方面的教育做得相當徹底。

至於庭院裡有些什麼奇花異草——

在庭院裡一塊地方，生長著奇妙的植物。貓貓從未看過這種說不上是葉子還是莖幹的植物，睜圓了眼。看看它的表面，呈現上過蠟般的光澤，還長有好幾根細刺。有點像是蘆薈，但形狀更有如團扇。貓貓興味盎然地伸出手。

「勸妳別碰，被刺扎到的話很難拔掉。」

貓貓聽見了雌雄難辨的嗓音。往前方遠處一看，一位男裝麗人蹲著，在觀察此種奇妙的植物。原來是翠苓。翠苓身旁跟著一名年輕男子，乍看之下像是侍從，但貓貓知道其實是在監視她。能把翠苓帶來此地已經夠不可思議了，派人監視稱得上寬鬆的處置。

翠苓與貓貓同為藥師，很可能想法都一樣，看到珍奇花草就忍不住要研究一番。

「所以，這是什麼樣的植物，又有什麼樣的用途？」

「聽說這叫作仙人掌，是在遙遠西方之地找到的，說是十分耐旱因此試著在此地栽培。果實或莖幹都能食用。」

貓貓聽得嘖嘖讚嘆。照這樣子看來，翠苓一定是自從來到此地，就一直流連於這裡了。她手上拿著簿本，正在用筆描摹仙人掌的外形。

「有能夠入藥的種類嗎？」

「這我還不知道。不過既然長得像蘆薈，應該有許多用途。這後頭還種了一些。」

跟隨的男子始終默默聽著貓貓與翠苓交談。或許是想一字不漏地記住，晚點再跟上頭報告。

（我們沒做什麼虧心事。）

講的都是藥學之事。

「如果有蘆薈的話，不曉得能不能分我一些？」

「燒傷藥用完了嗎？」

「不，因為前陣子都是吃乾糧，弄得腸胃祕結不通。」

「……原來如此。」

翠苓雖外貌有如俊美青年，但好歹是與貓貓年紀相仿的姑娘家，應該也了解女孩兒的腸胃問題，也就是出恭。雙方都是純粹談養生問題，不用害不必要的臊，講起話來容易多了。

就這方面而言，貓貓與翠苓性子很合。

「這樣的話，或許該給里樹妃吃點。」

「哦。」

的確，就連貓貓都身體不適了，那位深居閨房的千金小姐想必更難受。就連想去個茅房，一定都常常顧及他人觀感而去不成。翠苓不愧是與阿多一同行動，看來很關心里樹妃的身體健康。

「既然是在這個地區，可以混合酸奶食用。」

乳汁發酵而成的食物，的確具有整腸功效。

「啊！我想這可能不大適合。」

「為何？」

這是因為里樹妃有很多東西不能吃。她吃青背魚會起蕁麻疹，也不敢吃蜂蜜。乳製品能不能吃不知道，但讓她吃些吃不慣的東西，別說腸道通暢，搞不好反而會腹瀉。像她來到這府邸的當日晚膳，吃不慣的菜餚就都沒碰。

翠苓聽到這些，皺起眉頭。貓貓明白她的心情，那嬪妃的確很難照料。要是出生在庶民之家，恐怕連七歲都活不過。

真佩服那位嬪妃能努力撐過這麼長的旅程，或許應該摸摸她的頭稱讚她。還是罷了，這不符合貓貓的個性。

貓貓也學翠苓，準備了簿本與寫字用具。難怪翠苓這麼積極地描摹，眼前全是圖鑑上沒有的草木。兩人好半天沒說話，只做事。監視的男子連個呵欠也沒打，用讓人摸不透心思的笑容旁觀。

（這種時候要是有死小鬼在就好了。）

貓貓想的是趙迂，那小子就只有畫畫特別在行。雖然在行，但貓貓不認為他能靠畫畫吃飯。目前只是因為一個小鬼頭特別會畫畫，眾人覺得稀奇才買，遲早會膩的。

她忍不住去思考在那之前，要讓趙迂走上什麼樣的路。

（索性讓他成為春宮畫家好了？）

反正要描摹對象（模特兒）多得是。就在貓貓想著不守禮法的事情時，遠處傳來某種動物低吼的聲音。

「……什麼聲音？」

是某種野獸嗎？那種叫聲讓人全身起滿雞皮疙瘩。受驚的鳥兒都拍拍翅膀飛走了。

「好像是來自西方的貴客，要給大家看個有趣的伴手禮。聽說以前還帶大象來過。」

監視的男子開口說。

「大象啊。」

貓貓在畫卷上有看過，是一種有著特長鼻子的大動物。她只有看過象牙雕飾，活大象自然是沒見過的。據說在女皇時代曾有人前來朝貢，但在貓貓出生之前就死了。

「那個也是大象嗎？」

「不，我想應該是老虎或類似的動物。」

看來男子也知之不詳。話說回來，那些人竟然能帶活老虎過來。貓貓只有看過老虎的毛皮或藥材，像是有著美麗條紋的獸皮地氈，或是以生殖器作成的壯陽藥。貓貓想起那種壯陽藥十分有效。至於多有效，只要說白鈴小姐第二天一早顯得心滿意足就明白了。也就是說足以應付那位小姐而不至於精盡人亡。

「在今宵的宴席，應該就會帶到眾人面前亮相了。」

「那真是令人期待呢。」

不是客套話，貓貓是真心如此覺得。貓貓對樂舞不是很感興趣，但生物總是很有意思。貓貓心中稍微抱持著期盼，在簿本上刷刷畫了隻老虎塗鴉。監視人員和顏悅色地看她畫畫。

「家丁似乎為兩位準備了仙人掌果子露，兩位小姐要不要嚐嚐？」

貓貓自然沒理由拒絕。

貓貓暢飲果子露，與翠苓閒聊兩句，沒過多久就過了中午。跟翠苓說話，有時會讓她想起子翠。兩人是異母姊妹，儘管雙方母親之間有過節，姊妹感情卻似乎相當融洽。至少子翠很親近這個姊姊，即使要滅盡一族，卻唯獨不忘解救孩子們與姊姊。

還是不要太常回想那件事比較好。一深入思考，貓貓的思緒就會停擺。

貓貓回到房間，看到羅半叫來的一群人已經在等著她，手上拿著修改過的衣裳以及首飾等物品。濃妝豔抹的女子一瞧見貓貓土氣的容貌，立即咧嘴一笑。貓貓肩膀一抖，步步後退。

她每次總覺得，被人打扮得珠光寶氣著實是件折損氣力的事。

這個所謂達官顯貴齊聚一堂的宴席，似乎是配合西方形式站著用膳。據說是將各色佳餚擺在桌上，讓大家各依喜好拿盤子取菜。

（那豈不是愛怎麼下毒就怎麼下？）

老實說，貓貓生活的地方極少見到此種形式。不過，這麼做倒也有方便之處。

第一點，此種形式不知為何，按照禮俗似乎是由男女兩人一同出席。基本上都是帶著妻子或情人到場，如果沒有伴侶，聽說也可以帶上姊妹或親戚。羅半本來想用「妹妹」這個頭銜把貓貓介紹給眾人，不過貓貓把腳踩在羅半的腳上扭了幾下後，就只介紹為親屬了。

第二點，賊人既可說容易下毒，也可說不容易。由於不知道誰會吃哪種菜餚，這種形式不適合用來暗殺特定人物。當然，如果是隨機害人則不在此限。

第三點，試毒不會讓人起疑，只要跟在旁邊吃個不停即可。由於這樣會顯得臉皮有點厚，羅半還親切地騙人說是因為貓貓年方十五，食量正大。貓貓面不改色地把羅半沒被踩過的另一邊腳尖踩爛。

既然是吃或不吃都可以的形式，貓貓很想叫大家都別吃，但這樣客人會不高興。

「會發生什麼事嗎？」

「只是提防罷了。」

「是喔——」

貓貓用一種好像樂得輕鬆，又好像覺得沒趣的表情回答。

「話說回來……」

羅半目不轉睛地盯著貓貓瞧。

「連人要金裝都稱不上呢。」

「要你管。」

貓貓拖著沉重的裙裳。由於用膳採用的是西式，服裝也是配合西式風情。雖然實在無法準備完全道地的服飾，但為了至少讓輪廓相像點，腰際加入了裙撐讓裙裳鼓起。西方的衣裳（禮服）除了裙撐還會將腰肢綁緊，並半露酥胸以強調身材，但很可惜貓貓沒那麼豐滿的體態，只會讓人看了覺得不要臉，於是她上半身穿著大袖，只有腰部用衣帶勒緊。

頭髮也多少裝了點假髢，弄得鬢髮如雲，無奈本人沒那姿色。照理來講應該比本來的樣子好多了，然而周遭多得是更加光豔逼人的比較對象。就好比薔薇或牡丹花叢中，混入了一株薺菜似的。

唯一只有銀雕簪子在這衣不合體的打扮中添了一絲嫻靜，聊以慰藉。

「放心，還算得上是朵蒲公英。」

不知道是怎樣，她這堂兄就只有這種時候特別會猜人心思。

「……」

貓貓一邊半睜著眼瞪羅半，一邊前往宴廳中心。

（天花板好高啊。）

這是她的第一個想法。不但廳堂寬敞，天花板更是高聳。如此開闊的構造，即使在皇都也難得一見。

有一部分形成了天井，天花板上層層垂掛著此地特有的紡織品。賓客明明都穿著鞋子，地上卻鋪滿了短毛地氈。這想必也是本地特產了，沾上泥沙著實可惜。

這座宮殿離玉袁的府邸稍有距離，據說乃是過去冠有戌字之名的家族所建，窮奢極侈。也許正因如此，數十年前家族賜字遭到褫奪，滿門被滅。據說是觸怒了女皇之故。

貓貓覺得天底下還真有這種滿是可怖傳聞的人。而擁有這種皇祖母的皇帝，想必吃過了相當多的苦頭。

宴廳裡已是衣冠雲集。在達官貴人的身旁，有著像是官家女兒，打扮得花枝招展的眾多女子。每一個豈止是兩眼發亮，根本是虎視眈眈。她們的最大目標壬氏還未到場。

里樹妃已經來了。由於仍然戴著面紗，因此非常顯眼。雖然顯眼，但她不出席就不算完成了職責。貓貓看看身旁的同伴是誰，只見依然身著男裝的阿多站在一旁。

（……）

女扮男裝得那樣出神入化，想必只有少數賓客會發現里樹妃的同伴是名女子，而且還是當今聖上的前嬪妃。不只如此，旁人似乎將她們當成了兄妹而非父女。幾名女子正在向她攀談。

長年在後宮受到宮女崇拜愛慕可不是浪得虛名。

羅半精明地上前致意，貓貓也簡單打個招呼。

「哦？還以為是哪個大戶人家的千金呢。」

「您說笑了。」

阿多客套話說得比羅半好聽多了。里樹妃由於羅半在場，一直躲在阿多背後。禮服華而不奢，簡而不陋，正適合她的年紀，而且跟阿多穿的是同個顏色，也許是一起搭配挑選的。

只有香料用的跟平素是同一種，或許是顧慮到怕被宴會的氣氛沖昏。貓貓很想再多跟她們說幾句話，但她們應該有要忙的事。況且羅半來此的主要目的是加強與西方的聯繫。

在一群黑髮人之中，混雜了金色、茶色或紅色的頭髮。而且這些人眼睛色彩明亮，骨架子也跟黑髮人不同。

在西戎州有許多混血兒，但在場的應該都是特地從西方前來的顯貴。很快就有一對茶褐髮色的男女來找羅半講話了。

（完全聽不懂。）

貓貓雖然也學過一點異國語言的皮毛，但不到能實際交談的地步。況且一概說成西方，語言卻不只一種，貓貓學過的是西方更遠地區的語言。

至於羅半雖然說得不流暢，但還是能夠交談。儘管是個怪人，但還是有他的能耐。

二人組向羅半簡單寒暄過，客套地讚美了貓貓幾句後就走了。

「總之我可以看到什麼就吃什麼嗎？」

看樣子貓貓能做的也就這件事了。其他除了把煙花巷傳授的膚淺假笑掛在臉上之外，恐怕幫不上什麼忙。

「我沒期待妳做其他事，妳就吃吧。酒別喝太多了。」

貓貓有點感興趣地偷瞄了侍者用托盤端給眾人的酒一眼，但在進入宴廳之前，羅半已經叮嚀過她不許喝酒。貓貓是覺得反正基本上都是果子酒，酒精濃度也不太高，喝一點又不會怎樣。

「……我不會喝醉啦。」

「我可是聽說妳在路上喝乾了一桶喔。」

是誰告的密？是壬氏？還是馬閃？貓貓嘖了一聲。

話說回來，雖說小心為上，但那個白娘娘真的跟這邊的人有勾結嗎？為了以防萬一，貓貓帶來了可能用得上的藥，但是否會派上用場不得而知。

至於羅半，看起來神采奕奕。

「……」

眼鏡底下的狐狸眼閃著光芒。砂歐人民長久與他族混血，因此美女如雲。照這個死傢伙的說法，美人就連全身上下的數字都美。他說不是美人貌美，是構成美人的數字美，一整個莫名其妙；不過畢竟這傢伙是怪人軍師的姪子，自然本身也是個怪人。一定是看見了貓貓無可估量的世界吧。

但他摸著下頷說：

「那樣看來，還不如皇弟殿下的數字來得端正。」

能心平氣和地講出這種話來，可見他並不了解女人心。

忽然間，羅半看向貓貓。瞧他那品頭論足似的目光，反正一定是看到了歪七扭八的數字吧。

「妳只要努力，就能生出好看的下一代。」

這傢伙到底想說什麼？總之怪不了貓貓把羅半的腳尖踩爛。

羅半齜牙咧嘴地拿普通的果子露給貓貓。貓貓繼續不高興地跟著他走。

（盡是些大個子呢。）

看來混血到了一定程度，還能增加身高。一方面是因為西方人本來個頭就高，但另一個原因很可能是混種體型會比親代物種來得大。人類是怎樣不清楚，但據說拿兩種品種相近的植物授粉，會從種子長出更大的個體。

貓貓正在想著若有多餘心力，想在田裡試種的時候，不知不覺間周圍形成了一道人牆。是一名女子，以及兩名男子。

兩名男子當中，一名似乎是通譯，另一名比較像是隨從而非主子。那三人當中看起來地位最高的，是衣裳凸顯雙胸的美女。這個美女有著色彩明亮的頭髮與天藍色的眸子。身高也很高，但又穿著高跟鞋。

「……」

貓貓悄悄與羅半四目交接。

（不是說是跟西方商人拉關係嗎？）

這名女子感覺不像商人，不如說貓貓記得那張臉。她戴著藍色髮飾，有著金色秀髮與晶瑩剔透的白皙肌膚，正是去年來到皇都的女使節之一。當時貓貓是用紅藍髮飾分辨兩人，假如配戴的髮飾與當時相同，那麼她就是比較溫順的那一位使節。

「我想再多跟你說說話。」

使節面露絢麗的笑容。女人的笑臉最可怕，能夠從中感受到某種心思蠢蠢欲動。不過貓貓這次感覺到的與其說是烏黑混濁，不如說是……

（與玉葉后同一類的笑臉……）

聞到的不是銅臭味，而是政事的氣息。

（這才是正題？）

還西方商人哩。貓貓一邊如此心想，一邊拈著裙裳跟在羅半後頭。

（記得是叫姶良？）

貓貓想起那個只聽過一次的名字。除了對有興趣的事物之外完全不長記性的貓貓，能想得起來已經很了不起了。那是兩位女使節中的一人，也就是去年子字一族造反之際，疑似私運突火槍的人物。同伴都做出那種事來了，這名女子膽量也真大。

戌字一族建造的宮殿乃是仿造西方建築，宴會廳似乎也是效法西方。除了大型廳堂之外，另準備了許多供賓客個別歇息的房間，正適合用來與人密會。只不過在很多情況下，密會指的就是幽會。

稀罕的絲弦樂音飄揚，小麥色肌膚的舞孃翩翩起舞。這種時候即使有幾人悄悄退場也不會有人在意，就算有，追問就不知趣了。

（怎麼會偏偏選上羅半？）

捲毛眼鏡矮子與金髮高挑美女的組合，不搭調到好笑的地步。再加上還有人隨行，絕不會被誤認為愛侶。

（或許就是因為這樣才選他吧。）

之前她們來到皇都時，一半的目的似乎是通婚，但卻被當事人搞砸了，現在回想起來還真是段美好回憶。想起那件事，就讓貓貓有些不安。即使壬氏如今作正常的男子打扮，而且又破了相，但她還是擔心對方會認出壬氏就是當時的月精。

只是就算認出來了，想必也無法傳揚出去。

紅茶注入了輕薄的瓷器茶杯裡。室內有著貓腳桌與貓腳椅，天花板上掛著華麗的枝形吊燈。

「這裡的喜好似乎頗為崇洋呢。」

乍聽之下有點酸，但事實如此。羅半能跟如此美女談話顯得喜形於色，但腦子裡肯定在跟壬氏比較。

「是，正是如此。只是，有幾件家具似乎過時了。」

室內打掃得纖塵不染，家具也都堅固實在，只是似乎從前一代屋主以來，屋內陳設就沒太大改變。經過這麼長的歲月，足夠讓家具過時了。

牆壁很厚，想必沒人能偷聽。使節讓男性通譯退下，房間裡只有二對二的四人。

「能獲得使節青睞是我的榮幸。如果可以，真希望能與您單獨說話。」

分明就是一副堪稱男版貓貓的不起眼長相，真不知道這種肉麻話是從哪裡蹦出來的。

「這就要看您說話的內容了，**羅……半**大人。」

外國話說得很流暢，但名字似乎不好唸，只有叫名字時有些僵硬。可能是體諒到這點，羅半講話也不兜圈子，幫了貓貓一個大忙。兩人的對話對貓貓來說很好懂。女使節的貼身男僕神情嚴肅地努力聽懂兩人對話。

「羅……半大人似乎對此地再往西方的商品感興趣。」

「正是，我想恐怕很少有人不感興趣。」

（畢竟你還得還錢嘛。）

自從這傢伙的某個義父在青樓砸下大筆銀子以來，已過了將近一年。聽說贖身錢已經付了一半，但還有一半拿府邸抵押沒還完。照那個老鴇的性情，等到限期一過，鐵定會率領著一群男僕開始把一切家當賣個精光。

「呵呵，看來我們將會合作愉快。」

說完，女使節拿出了一張紙。這是一張仔細鞣過的羊皮紙，上頭寫著像是數字的文字。羅半的眼睛瞇得更細了。

「雖然很有意思，但這能讓我們雙雙獲利嗎？的確，對我而言是無可挑剔的好價錢。只是這還是第一次有人找我商談這樣的事。不過，若是要將米穀運送到貴國，我想恐怕很難獲得利潤。」

「我想也是，但我也不是不加思索就找您談這件事。只要取道海路就能大量運送，況且我國今後米麥價格都會上漲。」

說完，這次女使節拿出了地圖。

（還以為是要談政事呢。）

結果是談錢。雖然談到最後似乎也會與政事扯上關連，但貓貓不是很懂。老實說，她沒興趣。貓貓一副快打呵欠的表情發呆，正在思考仙人掌的用途時，聽見了一句不得了的話。

「因為再過不久，害蟲就會帶著災難降臨我國了。來自北方的災難。」

「！」

貓貓差點一掌拍在桌上，在最後一刻停住了。但光是這個動作，就證明貓貓被引起了興趣。

北方，砂歐北方的國家是北亞連。沒想到壬氏等人擔憂的問題，居然在這種地方產生了關聯。

貓貓感覺女使節咧嘴笑了一下。然後，她如此告訴兩人：

「若是此事談不成，我有一事相求。」

女使節仰首伸眉，如此告訴羅半：

「可否請大人助我們逃亡至貴國？」

問題總是一波未平，一波又起。貓貓再次體會到這點。

十六話　宴會　下篇

「好了，現在怎麼辦呢？」

羅半悠哉地說，一邊把眼鏡往上推一邊動腦筋。看來對這小子而言，比起女使節所說的「逃亡」一詞，思考如何巧妙地引導這筆買賣的方向比較有趣。談生意就是金錢與商品的流動，充滿數字的世界對他而言想必比什麼都有樂趣。

「你打算怎麼辦？」

「有什麼好煩惱的，這事不是很有意思嗎？啊，這事我還是會說出來的，畢竟我想這才是真正目的。」

貓貓心想「講得簡單」。「害蟲帶來災難」這句話，怎麼想指的都只會是蝗災。米穀價格上漲，表示蝗災將會引發糧荒。那位女使節是砂歐出身。再想到另一名喚作姶良的女子與子字一族有所往來，也許她們那邊也並非上下一心。

逃亡則有點超乎貓貓的想像。

貓貓才不要為了他人的事情煩惱。尤其是講到國家大事，更是敬謝不敏。但她卻像這樣被捲進了問題當中，到底是怎麼回事？只叫羅半一個人來不就得了？

貓貓與那使節並非初次見面。雖然當時火光昏暗，但畢竟是見過一面。可是就算記得，應該也有更好的做法才是。

（說不定被發現了。）

（也許只要能拿出與我方的任何一點關係就夠了。）

這麼一來，說不定他們也早就料到貓貓會把事情告訴旁人，並以此作為某種牽制。貓貓不喜歡那種勾心鬥角。比起這個，她想看看宴廳內怎麼樣了。真要說起來，羅半明明說過宴會可能會出現一些可疑人物，卻像這樣離開宴廳進行密談，豈不是沒意義了？

回去一看，站著用膳暢談的景象變了個模樣。

「這也是遵循西式啊。」

伴隨著音樂，成雙成對的男女正在面對面跳舞。說是跳舞，但並非舞伶跳的那種華麗舞蹈，只是配合著樂器韻律在會場裡轉圈圈罷了。之所以要求賓客男女一組前來，想必就是為了這個。

（好像會踩到腳。）

貓貓心想「我說什麼也不跳」。然後，她看向羅半。

「放心，那個我也跳不來。」

幸好兩人在這種地方一拍即合。

看看別的地方，有一處形成了人叢。貓貓一探究竟，發現人叢中心有個眼熟的美男子。壬氏受到眾人簇擁，臉上浮現宦官時代貓貓看到膩的天仙笑靨。馬閃在他身旁，臉孔肌肉抽搐著。

（完全挑錯人了。）

馬閃在這種地方根本派不上用場，被靠近過來的年輕姑娘逼得招架不住。

（照他那種蠻力，一緊張起來恐怕連舞都跳不好。）

貓貓摩挲一下前天被抓住的手腕。手腕到現在還有點泛紅。

既然是男女兩人一組，貓貓很想問問為何那兩人會找不到伴。

「似乎是阿多娘娘開他們玩笑。娘娘一當起男伴，自然就會有人沒伴不是？」

「原來如此。」

假如壬氏帶里樹妃來，馬閃好歹也是賜了字的，與阿多一組雖然有點奇怪，但還不到行不通的地步。

然而雖然對壬氏他們過意不去，但考慮到里樹妃的心情，貓貓覺得由阿多擔任男伴比較好。那個壞心眼的異母姊姊不知道會對嬪妃做出什麼事來，在寢室放隻蠍子都有可能。

（對了，不知道烤蠍子帶不帶得回去？）

聽說還有吃活蠍子的，貓貓很想試試，但無論是在玉袁的府邸或是這座宮殿恐怕都沒有機會。她決定回去之前一定要想法子試試。

一路上很不巧，都沒遇著蠍子或毒蟲之類的東西，因為翠苓的除蟲工作從未偷懶。貓貓是覺得連一隻都沒碰到很可惜。

羅半唸唸有詞，把手放在下頷上專心算數。

「看來兩位是聽到有趣的事了？」

一個彬彬有禮的聲音傳來。貓貓抬頭一看，面露柔和笑臉的陸孫站在眼前。他一手拿著玻璃杯，將杯子交給貓貓。一聞之下，有股淡淡的酒香。

「謝謝。」

貓貓心想喝一杯應該不要緊，就喝光了。這是酸味清爽的果子酒，可口到讓她不禁伸舌舔舔嘴。嘴裡有些微氣泡迸開的感覺。

「這酒味道真好。」

「是，此乃西方商人帶來的酒，非常珍貴，這是最後一杯了。」

陸孫微微一笑。不知怎地，貓貓有種不祥的預感。

「附帶一提，在下沒喝到。所以……」

貓貓的手腕被抓住了。事出突然讓她呆若木雞，然後，她就這樣被拉到了眾人轉圈圈的宴廳之中。不同於羅半，他抓人的手勁很輕。
「能否請姑娘就陪在下跳一曲？」
柔心弱骨的男子搖身一變，成了不好對付的男人。
（啊，果然是怪人的部下。）
貓貓脫掉勉強披起的端莊外皮，露出一張難看的嘴臉。
陸孫見狀，差點沒笑出來。他抖動著嘴巴，把頭低下去忍住不笑。
「雖然早有耳聞了，但還真是……」
「我不知道是誰跟你說的，總之快點了事吧。」
「跳完一曲就行了。」
貓貓用生硬的動作，姑且模仿旁人跳舞。貓貓好歹還有點理智，不會去踩對方的腳。假如對手是羅半，舞還沒跳完，他的腳趾就已經被踩到沒有了。
「妳知道皇弟為何要特地將妳帶來此地嗎？」
「似乎是因為我很有利用價值。」
陸孫一手握住貓貓的手，一手扶著她的腰。貓貓知道這是西式舞步，不過在皇都是絕不可能如此跳舞的。所謂的現場氣氛著實不可思議，在此處跳這種舞成了理所當然。
「是。不過，在下以為妳應該更進一步了解自己的價值。」

陸孫用彬彬有禮的口吻說。

「光是一個羅字，在宮廷內就有夠重的份量。」

「小女子是煙花巷出身的卑微身分，只是個開藥舖的罷了。」

貓貓對陸孫明講。她不管這個男的知道多少，對貓貓而言，她說的就是事實。

「妳這麼說也行。只是，容在下斗膽說一句。」

陸孫和善地笑笑，悄悄望向了一旁。在他視線的前方形成了人叢，人叢中心的美男子盯著他倆瞧。

「請別忘了，妳並非置身事外。也別忘了妳頭上那件東西代表的意義。」

（他是說簪子嗎？）

說完，陸孫執起了貓貓的手。然後他的臉緩緩湊向貓貓的指尖，親了一下。

（真是矯揉作態。）

貓貓想起了江湖藝人半開玩笑地對娼妓做過的小動作。一曲結束後，貓貓即刻移動到牆邊。羅半還在唸唸有詞地算數，陸孫不知跑哪去了。貓貓只覺得遠處傳來一道扎人的視線，但目前先視若無睹。她輕輕擦拭一下陸孫嘴唇碰過的指尖，然後看看四周。

她看到一位姑娘獨坐牆邊。看那蓋著頭紗的模樣，就知道是里樹妃。她的身邊一個人也沒有。

里樹妃盯著一個地方看。

在她的眼睛前方，一個中年男子搖晃著酒杯談笑風生。身旁伴著那個異母姊姊，臉上浮現充滿自信的笑容。

若不是作父親的懷疑她母親不貞，她說不定也能像那樣洋溢自信。也許就不會長成現在這般畏畏縮縮的懦弱姑娘了。

「阿多娘娘上哪兒去了？」

貓貓靠近里樹妃，然後「嗚！」忍不住摀起了鼻子。里樹妃發現貓貓來了，看到她這種反應後渾身發抖。想必一定是在面紗底下哭哭啼啼吧。

「……娘娘這是怎麼了？這是什麼味道？」

「……有人撞到我，手上的香水瓶灑出來，濺到我身上……」

輕柔飄逸而層次豐富的衣裳布料似乎吸了不少香水，獨特的異香瀰漫四下。有些香水是以動物的生殖器為原料，調淡之後芳香怡人，但太濃的話則會變成那方面的味道，也就是排泄物的臭味。

「所以阿多娘娘去安排房間了。」

「原來如此。」

里樹妃似乎因為身上味道太重無法四處走動，才在這裡等她。她說本來是想叫來侍者準備房間的，但不巧周圍都沒看到人。
「用香水潑到您的人呢？」
「娘娘好像也要幫我找到那人。她要我坐在這兒等她。」
她就坐在牆邊擺放菜餚的桌子旁邊。眾人似乎對涼掉的菜餚已經不感興趣，都在享受舞蹈、欣賞表演或與人談笑。
貓貓從桌上拿了幾片肉裝進盤子裡。肉雖然涼了，但味道不錯。貓貓不怕弄掉胭脂，一口接一口地吃。
「娘娘不妨也吃一點吧？」
「……好的。」
這種肉類菜餚，貓貓看過里樹妃於日前的晚宴吃過。雖然涼了，但反正也沒其他事可做，她接過了盤子。
跳舞告一段落後，有個奇特的東西被運進了宴廳。幾名體格強壯的男子把一個四方形的大東西放在板車上帶了進來。上頭蓋著白布。
（那是？）
貓貓睜大了眼睛。
男子把布一掀，裡頭的東西展現在眾人面前。咕嚕嚕的低吼聲傳來，茶褐色的毛皮與突顯毛色的鬃毛覆蓋著牠的面龐。即使前腳縮到了身體下方，仍然看得出其體型比人大上好幾倍。

（哪裡是老虎了。）

那頭大蟲身上沒有條紋花樣。

（是獅子。）

貓貓沒親眼見過，只看過毛皮。不同於薄薄一塊毛皮，活生生的獅子很是震懾人心。縱然待在厚重的獸籠裡，縱然另外還套上了鐵鍊，從空氣中都能感覺到那令人生畏的威風。

那頭有著巨大貓臉，戴著大圍巾的生物，彿然不悅地睥睨周遭群眾。

（看了渾身發毛。）

貓貓盯著戴圍巾的巨貓。以前看過的毛皮比貓粗獷許多，但不知道活物又是如何。既然同為巨貓的老虎能入藥，貓貓目不轉睛地看著那頭野獸，心想牠是否也同樣能成為藥材。

相較於興味盎然的貓貓，里樹妃簌簌發抖。每當獅子的低吼聲響起，她就身子一震。看來對膽小的嬪妃來說刺激太強了。

（又不會被吃掉。）

不，獅子若是逃出獸籠的話很可能襲擊人，但他們應該有嚴加防範。

帶獅子前來的幾名男子，端了一盤生肉過來。猛獸在窄籠裡起身，從鐵柵間伸出碩大的前腳給眾人看。

「有哪位貴賓想試著餵餌嗎？」

被帶來供大家觀賞的獅子，似乎為了這個表演而餓著肚子。牠想吃肉想得不得了，咕嚕嚕地吼著，嘴裡伸出長舌頭直流口水。

幾個興致勃勃的賓客上前，用棍棒刺著肉，戰戰兢兢地拿去靠近獸籠。獅子用前腳把肉打落。肉被打落的男子嚇得一屁股跌坐在地，現場一片譁然。

可能是要方便賓客就近看獅子，每給一片肉，男子就移動獸籠的位置。獅子對於一次只能得到薄薄一片肉似乎心有不滿，發出低沉的嘶吼。

「娘娘要不要換個位子？」

看到里樹妃隨著獅子愈靠愈近而渾身抖動，貓貓詢問。這樣下去，等獅子來到眼前時，難保她不會嚇得魂飛魄散。但里樹妃卻動也不動。

「還是就坐在這兒看？」

「……了。」

里樹妃用蚊子叫似的聲音說。

「啊？」

「我嚇得腿軟……了。」

從面紗隙縫看見的耳朵都紅了。是啊，貓貓早該知道，她就是這樣的一位嬪妃。就在貓貓也沒笑她，決定早點找到阿多而四處張望時，用板車運來的獅子開始低吼了。貓貓以為牠是在氣肉給得小裡小氣，但似乎又不是那樣。先是看到獅子抽動了幾下鼻子，接著牠一頭撞上獸籠。

那些壯漢拉扯鐵鍊想讓獅子停止發狂，但獅子非但沒有平靜下來，反而似乎因此而更加暴躁。牠一次次衝撞獸籠，然後——

伴隨著鈍重的聲響，獸籠壞了。一條鐵柵斷開，獅子將身體擠進破口。當鐵柵又斷了一條時，獅子逃離了獸籠。折斷的鐵柵被獅子的軀體撞飛，掉在毛氈地板上。

「喂，快按住牠！」

現在說這為時已晚了。手持鐵鍊的男子抵不過跳出獸籠的獅子的力氣，狠狠撞上獸籠，其中一人的鼻子都撞扁了。其他人沒鬆手已經算是有兩下子，但也只能讓獅子拖著跑，制不住牠。

其間不過數秒，但貓貓卻感到意外地漫長。一回神才發現，自己已將塞在胸前的藥包扔了出去。

阿爹曾經教過她，一個人在緊張過度時，對時間的感覺會變慢。如今她感覺到的，正是這種體驗。

獅子朝貓貓這邊跑了過來，亢奮充血的那雙眼睛讓貓貓的身體感覺變得遲鈍。趕緊逃跑才是正確選擇，拿東西扔牠應該只是浪費時間。當她想到這點而打算拔腿就跑時，發現有人緊緊抓住了她的衣袖。

（可惡。）

糟透了，是仍然嚇得腿軟的里樹妃。她握得很輕，一定一揮手就甩開了。貓貓大可以這麼做的。

一回神才發現，貓貓已經難看地跟里樹妃一起滾倒在地。她與嬪妃爬進桌子底下，即使只是無謂的掙扎。

只要那野獸前腳一揮，貓貓她們就會跟桌腳一起被撕裂了。里樹妃連眼皮子都眨不動，盯著獅子看。滾倒在地時，蓋在頭上的紗弄掉了。她那呆若木雞的神情除了靜待死亡靠近之外，似乎什麼也辦不到。

然而，將身體撕成兩半的獸爪未曾來臨。

眾人都無法動彈，貓貓看見只有獅子的身軀慢慢移動，高高抬起了前腳。然而，一個人影映現在獅子與貓貓她們之間。

那人的手上握著折斷的鐵柵條。

獅子高舉的前腳還沒揮來，那根鐵柵條先把獅子的鼻子狠狠打爛。其中沒有半點躊躇，只有瞄準人獸共通的要害一擊打去的乾淨俐落。伴隨著鈍重的聲響，獅子的鮮血濺上半空。柵條被打個粉碎，鐵片四處飛散。

那人用變短的柵條，毫不留情地往野獸的眉心補上一記。看到柵條碎裂到只剩下握著的部分，握著它的人若無其事地說：

「這麼脆弱。」

貓貓在旅途中，早已聽熟了這個嗓音。她難以判斷這話是針對鐵柵條，還是鼻子被打爛倒地的獅子說的。

貓貓每次都在想，這名男子為何能成為壬氏的隨從？難道沒有更適任的人選了嗎？

（難怪。）

數日前被抓住的手還在痛。但對這傢伙而言，那恐怕都已經控制過力道了。

在捉住盜賊之時，那些人的手腳都被折斷了。

壬氏說過，他一個人去降伏盜賊都不成問題。

他曾經擔心過里樹妃會怕他。

如今，貓貓總算明白原因了。

「快，趁現在制伏牠！」

接在若無其事的語氣之後，一陣悅耳的嗓音響起。幾名馴獅人對尊貴之人喊出的命令作出反應，將鐵鍊綁在屋宇的柱子上。他們又拿了更多鎖鏈，把鼻子被打爛的獅子五花大綁。

男子把變成廢鐵的柵條隨手一扔，皺起了眉頭，然後蹲下來看看桌子底下。

「姑娘有無大礙？」

話一說完，這廝才發現桌子底下的是貓貓，明顯擺出一張嫌棄的臉。貓貓最近深深地感受到對這男人而言，貓貓似乎不算在弱女子之列。

然而由於貓貓身邊有另一位姑娘，他的臉色霎時變了個樣。

「……」

用鐵棍把獅子打倒在地的人正是馬閃。馬閃面紅耳赤，一言不發。本來以為這只是他對貓貓以外女子的平常反應，但以那來說好像久了一點。

「……」

而兩眼噙淚的里樹妃兩頰也飛上了紅霞，分明方才還被獅子嚇得臉色發青。貓貓不懂怎麼才沒兩下，臉色就像薄暮天空一樣變化如此之大。

「……」

貓貓也無言以對。唯一不同的是她臉色如常，只覺得氣氛讓她侷促不安。

（咦！現在這是——）

這是怎麼一回事？

界。

貓貓卡在臉蛋羞紅的兩人之間，唯一產生的實際感受，是自己被遠遠拋出了兩人的世界。

她想表達的意思是……

以前後宮流行的畫卷，最終回永遠是一幅男女相守的插畫。而情節上規定，在這場面之中絕不能有第三者來壞事。

（好歹也看看場合吧。）

貓貓想起了在造紙村見到的地主女兒與庸醫的外甥。那兩個傢伙也是不懂得看場合。

不知是幸或不幸，此種教人侷促不安的氣氛很快就消失了。

獅子被制伏，塞進一個新的獸籠之時，有一群人開始吵鬧。

「喂，快找大夫！有人受傷了。」

聽到有人受傷，貓貓從桌子底下爬了出來。里樹妃好像還在發呆，沒發現貓貓已經離開身邊。貓貓看到阿多跑來，於是放心地離開。

本以為受傷的是制伏獅子的那幾名男子，過去一看，卻是臉頰擦傷的卯柳。

「父親大人，您振作一點呀，父親大人！」

里樹妃的異母姊姊撲倒在父親身上，好像自以為是悲劇的女主角。

（激動什麼？又不是什麼重傷。）

貓貓一臉傻眼地打算走人。

「會不會做事啊！打倒區區一頭野獸竟然還害父親大人受傷！」

原本還不知道她在說什麼，原來是馬閃打倒獅子之際，碎裂的鐵片擦到了卯柳的臉頰。

「父親大人都受傷了！你一定要給我們一個交代！」

與其說是思父心切，倒比較像是在向旁人強調自己對父親的孝心，滑稽可笑。但問題是誰害她的父親受傷。

「那可真是對不住了。」

宛若犀利鋒刃的嗓音響起。美麗的事物經常也會令人不寒而慄。

「姑娘似乎對孤的隨從有所怨言。」

壬氏歪著嘴角走過來，身後跟著表情有些出神的馬閃。一看，他的右手紅腫了。是剛才握過鐵柵條的那隻手。

「方才若不及早出手，里樹妃早已有性命危險了。還請兩位原諒孤這隨從辦事不力。」

壬氏的態度已經很客氣了。毋寧說馬閃明明是女兒的恩人，卯柳的態度卻不乾不脆。

「這樣啊，那麼容我言謝……」

里樹妃躲在阿多的背後看著父親的這種反應。聽到父親受傷，她似乎坐立不安，但礙於有姊姊在場而無法上前關心。

（對了，那事還沒查明呢。）

貓貓想起里樹妃拜託她的事情。貓貓也不是無所不知，她原本打算若是在旅途中找不到方法，就寫封信給阿爹問問如何鑑定父女關係。

（父女的血緣關係啊……）

貓貓漫不經心地望著卯柳與異母姊姊。異母姊姊嘴巴一張一合，不知該如何為方才的發言打圓場。

（啊！有蛀牙。）

可能是吃太多甜食，齲齒蛀到牙齒都發黑了。以她那年齡來說都已經換牙，無法治癒。

就在貓貓考慮可以賣牙粉給她以免齲齒繼續惡化時，忽然靈光一閃。

回過神來時，貓貓已經站在卯柳的面前。

「妳……妳有什麼事？」

貓貓對異母姊姊微微一笑。

「小女子雖不是大夫，但還算是半個藥師。」

說完，貓貓用力揪住了卯柳的臉孔。

「！」

「外傷並無大礙，塗點口水就會好了。」

「口……口水？」

開玩笑罷了。其實人的唾液有時含有毒素，最好別這麼做。

「但是，嘴裡又是如何呢？」

「啊嘎！」

貓貓撬開了老傢伙的嘴。嘴裡略有一股酒味，不敵年齡地滿口黃牙。貓貓把這些牙齒看個清楚。

然後，貓貓咧嘴一笑。

「好，順便幫妳瞧瞧。」

「咦？」

接著她撬開了異母姊姊的嘴。

（都不刷牙的啊？）

不只門牙，臼齒也爛得差不多了。她用團扇遮嘴，大概是為了遮起蛀牙。真是被寵壞了。不過，現在不是思考治療方法的時候。

最後，貓貓站了起來，大步走向里樹妃的面前。

「來，也幫您看看。」

「！」

貓貓撬開驚得說不出話來的里樹妃的下頷，嘴裡排列著小巧的潔白牙齒。可能是老嬤子教得好，仍然是一口貝齒。

「妳……妳這是做什麼？」

貓貓無視於異母姊姊的質問，站到卯柳的面前。

「大人知道已故夫人有幾顆牙齒嗎？」

「這我哪裡會知道？」

「我想也是。」

卯柳被問到這種莫名其妙的問題，滿臉狐疑地看著貓貓。

「可是，應該沒有少一顆門牙吧？就像大人與大小姐這樣。」

卯柳的表情變了。

一個人基本上會長出二十八到三十二顆牙齒。最深處的智齒，有人長有人不長。少了智齒也還有二十八顆，但有些人的牙齒更少。

大約每十人當中就會有一人除了智齒之外還少了其他牙齒。雖不知明確原因，不過父母如此時子女也常是如此。應該可以將其視為親子的一種遺傳體質。

「有意思的是，卯大人、大小姐以及里樹娘娘都少了一顆下門牙。就排列方式來看，小女子認為應該是從一開始就沒長。」

貓貓早在診治里樹妃的口腔時就覺得有些奇怪，原來是這個原因。

牙齒是健康生活不可或缺的部分。牙齒生病可能會使毒素入侵，甚至引發病症。掉牙導致無法進食，也會使人逐漸衰弱。

假設有一成的人原本就少長牙，三人有可能湊巧都是那一成。但三人都少同一顆，而且都在比較罕見的門牙。

要堅稱是偶然也未免太巧了。

「父母子女與兄弟姊妹，果然有某些部分會遺傳下來呢。就像里樹娘娘天生不能吃青背魚，我想大人您也一樣不能吃吧？」

「妳怎麼知道的？」

卯柳懷疑地問。

「沒什麼，只是於晚膳之際，看到大人對魚肉菜餚極度厭惡。老大不小的成年人，不可能因為挑食就擺出那種態度吧？」

她想起卯柳打翻婢女端來的菜餚的模樣。

「畢竟我國的高官，怎會因為挑食或**誤會**，就以惡劣方式待人呢？」

貓貓皮笑肉不笑，輪流看看卯柳與里樹妃。

「偶爾也關愛一下另一位女兒如何？」

她覺得說得有點過度了。但都說這麼多了，對方就算再遲鈍也應該聽得懂。

（不知這樣是不是就行了？）

這是貓貓能交出的最好答案了。

終話

（果然很冷。）

貓貓把薄紗披在肩膀上發抖。早知道就多喝一杯酒了，她深感後悔。

屋子裡應該是暖烘烘的，但老實說貓貓嫌煩。她雖然擔心鼻子被打爛的獅子不知會有何下場，但貓貓險些沒被吃掉，不會想去替牠療傷。即使是被關進獸籠裡供人觀賞的可憐生物，畢竟她差點就被攻擊了。但羅半卻說太可惜了，想要貓貓去替牠療傷，所以她溜了出來。看在那個男人的眼裡，似乎就連一身毛的巨貓也成了一連串的美妙數字，一直吵著說被打爛的鼻子破壞了數列。

簌簌發抖的貓貓坐在庭院前面的長椅上。反正沒人在看，貓貓抱起膝蓋，把下頷擱在上頭。

天空遼闊無邊。由於月亮沒露臉，群星璀璨閃爍。有三顆星星特別明亮，在空中形成一個大三角。也許那就是受到星河阻隔的一對佳偶。

（真希望能早點結束。）

就在貓貓想設法溜回玉袁的府邸時，背後傳來了腳步聲。
「妳堂兄在找妳呢。」
「不用理他沒關係。」
原來還有一人趁亂溜了出來。
「總管不是還有公務待辦嗎？」
雖然風頭都讓馬閃搶光了，但這男的應該也幫上了一點忙。
「妳是想要孤勞瘁而亡嗎？」
「豈敢。」
偷懶不做事的壬氏一臉懷疑地聽完貓貓的回答，坐到貓貓身邊。木頭椅子軋軋作響。然後他在椅子上放了一件東西。一看，似乎是一塊廢鐵。
「如同馬閃所說，鐵柵似乎太過脆弱。上等的鐵應該更具韌性。」
煉鐵的方法不只一種。據說方法不對會使鐵塊內部留下空洞而變得脆弱。
「簡直像是故意作來弄壞的。」
「這話可不能亂說。」
只是，貓貓也覺得有個地方不對勁。那頭獅子襲擊里樹妃，簡直像盯上了她似的。貓貓看那獅子不像是衝著自己來，而是盯上了里樹妃。

（因為牠餓了？）

這或許也是原因之一。

（因為嬪妃手中有肉。）

這或許也是原因之一。

但是……

更令貓貓掛念的，是灑在嬪妃身上的那種香水味。那麼重的氣味，野獸的鼻子絕對聞得到。

假若獅子是對那氣味起了反應——

「……」

「……喂，別不說話啊。」

壬氏對陷入沉默的貓貓說。這個男人分明應該知道貓貓不是會主動開口說話的性情，為何還要坐到她身邊？又侷促不安地皺起眉頭？別在這偷懶，快去幹活不就得了？

「看來妳是想叫孤趕快回去吧？」

「不，萬萬沒有此意。」

這個男人偶爾會猜透貓貓的心思，讓她很困擾。貓貓故作鎮定，不讓臉部肌肉抽搐。

「就算回去，沒差事可做也就只是讓一群女人簇擁著罷了。」

「這話會引來全天下沒桃花運的男子怨恨的。」

有錢有權有臉蛋的男人就是不一樣。像今日這般月黑天，最好小心為妙。

「她們接近孤，還不就是為了皇族之血？」

血指的是種，還是命？

「小女子認為相貌也占了一半。」

「別說了。」

壬氏一副苦不堪言的神情。不知為何，這個男人明明生得一副舉世無雙的美顏，卻對此抱持著自卑感。他手指滑過右頰的傷疤——白玉的微瑕部分。總覺得他似乎很中意這道任誰看了都要大嘆可惜的傷疤，不知是不是貓貓多心了。

貓貓其實也不討厭這道傷疤。世間無完人。以壬氏來說，由於容貌太過端正，變得與內在不相襯。把與生俱來的參差之處修整一下又有何妨？

況且雖說臉部受傷，但畢竟是阿爹縫的，傷口癒合得很漂亮。貓貓替他上過好幾次藥又化過好幾次妝，因此感受很明顯。指腹按到的凸起觸感日趨平坦。

「索性佯稱臉部受到燒灼，每次都作個燒傷痕跡如何？」

「顏色會弄不掉的。但如果是真的要燒，小女子願意幫忙。」

順便希望他能協助貓貓作燒傷藥的實驗。

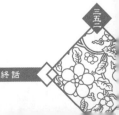

「不准。」

由於化了大約二十天的妝，壬氏的臉頰還殘留著一絲紅色顏料。因此他今天稍微撲了點白粉掩飾。

「我若真燒了，高順會昏倒的。化妝嘛，嗯，有點兒麻煩。雖然說輕鬆倒也輕鬆。旅途一路上孤心情很放鬆。」

沒有一個鄉下姑娘會去靠近臉部燒傷的陰沉男子，又不用像平時那樣案牘勞神，應該讓他很高興吧。至於貓貓頂多只能在馬車上看風景，屁股都痛了，一想到回程的路途就心情憂鬱。

「要不要練習騎馬？妳是不喜歡乘馬車吧？」

「那小女子寧可在馬車上裝張床。」

一路上貓貓已經改造過了。問題是貓貓作的床太受歡迎，常常有別人去躺著打混，害她沒什麼機會使用。

「是啊，期待妳進一步提昇躺臥質感。」

貓貓忽然覺得一肚子氣都來了。真要說起來，最常賴在那床上的就是壬氏。在車外享受騎馬之樂，膩了就躺在床上打混，還真是輕鬆愜意啊。

「是皇上准孤在此番旅程中稍微玩樂一下。」

壬氏臉上浮現略為歪扭的笑意。

「然後，皇上要孤仔細挑選。」

說到挑選什麼，自然是選妃了。那些女子就是為此才被召集過來的。無論選哪一個，都與政事脫不了關係，也影響到國家今後的動向。

是要加強與鄰國的往來，抑或是與國內某一勢力聯手？視選擇的不同，他的立場也會隨之改變。只是，既然選在西戌州安排這樣的宴席，可見應該是屬意於這一方面，就是要壬氏與西方加深交情。所以，卯柳才會將另一名女兒也帶來。

（他會選誰呢？）

選誰都與貓貓無關。貓貓只以一介藥師的立場行動就是了。

她本來是如此打算的……

忽然間，兩人的指尖相觸，下一刻，貓貓的手被握住了。被握住的手就這樣慢慢掌心相合，手指交纏。比貓貓大上一圈的手掌骨節分明，修長的手指逐漸困住貓貓的手，打定了主意不讓她逃走。

「可否請總管放手？」

「放手妳不就逃了？」

「總管會對小女子做什麼讓我必須逃走的事嗎？」

「孤有時候還真想打妳。」

壬氏用獵捕獵物的野獸視線看著貓貓。他那好似飢餓野狗的視線，既不屬於宦官壬氏，也不是皇弟，而是全然不同的另一人。

「臉部太顯眼了，還請總管打在看不到的地方。」

「我不會真動手的。」

「小女子明白。」

壬氏為人不會對弱女子動手動腳。不，他是對貓貓動過手，但那是每次貓貓服毒，就被他強行催吐。

「總管至多只會把小女子扣住，硬是讓我把肚子裡的東西嘔出來。」

「那分明是妳不好，沒事服什麼毒啊！」

「那自然是因為……」

百聞不如一見，貓貓只是實行此一準則罷了。貓貓並不比別人聰明，只不過是興趣偏離常人而已。而以貓貓的狀況來說，她有知識，感情卻比別人匱乏。她也有喜怒哀樂，只是淡了一點。但他人正常擁有的幾種感情，她至今還不是很能理解。

脈搏的音色透過手掌心傳來。掌心在冒汗，觸到的部分溼溼的。抬起臉一看，他的長睫毛低垂，黑曜石般的眼瞳注視著貓貓。那臉貼近到讓貓貓的臉映照在瞳孔中。

娼妓都說，一旦知道那種感情就有如落入地獄。
男人都說，他們是為了一窺堂奧而來此仙窟。
那個底下有個「心」的文字，有人斥為低俗，也有人說終究是一場遊戲。但也有人沒有它就不能活。
壬氏空著的手伸向貓貓的頭。手指彷彿撩起髮絲般滑過，繼而停留在後腦杓。
「妳戴著它來了。」
壬氏觸摸的地方，頭髮綰起並插上了簪子，那支明月罌粟的銀簪。貓貓原以為是羅半準備的，看來她想錯了。
怪不得大家都對這簪子有興趣。
「原來是壬總管贈送的啊。明月是好，但小女子認為罌粟寓意不美。」
貓貓想起了白娘娘。罌粟花的外形有如大朵虞美人，但能作為鴉片的原料。
「別說了，這是孤在踏上旅途前讓人作的。代替之前那一支。」
壬氏的嗓音從正上方傳來。他把下頷擱到了貓貓頭上，用指尖纏繞把玩著她的頭髮，呼氣都落在她頭上。若是旁人見著，一定會誤以為是男女調情。
「壬總管，請別靠這麼近。」
「為何？」

「要是讓誰看見了怎麼辦？」

離開宴廳的人想必不只貓貓他們。此處藏在樹木的陰影中形成了死角，但無法斷定絕不會有人靠近。這個男人總不會不明白此次設宴的用意吧。

「里樹妃並非壬總管的姪女，不用顧慮血統過濃。」

貓貓淡然直言。這話讓壬氏的神情頓時變得緊繃。

「在那些女子當中，她不是最妥當的人選嗎？」

方才里樹妃與馬閃互相凝望的場面就忘了吧。對，就當作沒看見。就算兩人之間萌生任何感情，反正也沒有意義。還不如從一開始就沒有。

「說什麼妥當。」

冷豔利刃般的嗓音在耳畔響起。把玩頭髮的手指滑過後頸，把貓貓的脖子圍起來。修長手指壓迫著貓貓的脖子。

「好難受。」

「很難受嗎？」

都已經說難受了。但壬氏卻加重了手指的力道。另一隻十指交纏的手，繼續抓著貓貓的手把它拉到背後。他是傻子嗎？這樣會脫臼的。貓貓遭人勒喉，關節又快被拉斷，臉上浮現痛苦的表情。她抬高頭部以盡量呼吸空氣，像條魚般半張著嘴。壬氏從上方看著她這副蠢相，然後——

「……」

貓貓貪婪地吸進壬氏給予的空氣，一股花香撲鼻而來。貓貓本以為天仙的呼氣會帶有蜜桃香，原來竟是茉莉花。薄唇有些乾燥，帶著熱度。

原先勒喉的手固定在後腦杓，握著的手鬆開，取而代之地將貓貓的腰摟向自己。

不知道這樣過了多久。只是，他也許認為呼氣已經傳遍了貓貓的全身上下，用有些耀武揚威的神情低頭看著她。繼而，他擦拭了貓貓因呼吸困難而泛淚的眼角。貓貓莫名地一陣惱火。

「……小女子請求過，若要賜死，願能服毒。」

「告訴妳，孤不會讓妳那麼做的。」

壬氏手指滑過貓貓的嘴唇說。

「可別說妳不知道妳也是人選之一。看妳一副想裝傻的樣子。」

「還有……」壬氏接著問道。

「那個男的是妳什麼人？妳何時有這興致跳舞了？」

看來壬氏果然一直瞪著貓貓他們。

「那只是便宜的酒錢罷了。」

貓貓想別開視線，但頭被固定住了轉不動。貓貓搜索枯腸，滿腦子只想著如何逃離此一狀況。

「小女子能派上什麼用場？」

「妳不是有羅半陪著嗎？旁人就會當成是這樣。」

貓貓明白壬氏的意思，或許羅半也是打從一開始就抱著這種打算。真讓人生氣，晚點非踩扁他的腳尖不可。

羅字一族的血親……這個在眾多賜字宗族當中特立獨行，未集結任何朋黨的家族，要說妥當或許也算妥當，如同陸孫的說法。但是，只有一點例外。

「總管會與那個男人為敵的。」

貓貓指的是那個單眼鏡怪人。那廝這次要是人在這裡，恐怕早就出事了，鐵定會引發連獅子出籠都不夠看的騷動。果不其然，壬氏臉色略顯退縮，但只有一瞬間罷了。

「……孤之前不是說過了嗎？下次再繼續。」

貓貓的身體又被捉住了，她就這樣被壓倒在長椅上，髮型都扁了。鑽進唇間的不只呼氣。她在極近距離之內看著黑曜石一般的獸眸。那眸子比任何星光都要來得明亮，卻又帶一絲微暗。這個男人過著衣食無缺的生活，有時卻像在渴望什麼，想獲得滿足。

（你大可以去選跟我不同的人。）

世上一定有人能滿足壬氏的渴望，多得是想滿足他的人。根本沒必要特地向一個缺乏那種渴望的人乞憐。

貓貓很想逃走。天底下最令人煩惱不安的問題一定會來臨。貓貓很想避開麻煩事，但野狗般的眼睛不讓她逃。他追求不可能存在的事物，想將其吞噬殆盡。貓貓只能用偶人般的眼神回望著這一切。

這種眼神似乎挑起了野狗的不安，將身子進一步欺上來，想壓潰貓貓。

（這回換成要壓死我了。）

一個體重有她將近兩倍的男人壓在身上。那些娼妓有時還得應付體重差到三倍的客人，難道都不難受嗎？假如貓貓這樣吐苦水，娼妓之中技壓群芳的白鈴小姐會如何回答？

『不可以讓客人握住主導權喔。』

貓貓想起她曾經百媚千嬌地這麼說過。當時貓貓正被迫學習娼妓的技藝。

「……」

坦白講，也許繼續當個偶人任他擺布比較好，也或許不好。但貓貓只能說，她因為想起了白鈴小姐，而記起了她訓練過自己的技巧。當時她說沒學會就不許出房間，貓貓只好欲哭無淚地達到及格標準，成了一段回憶。

貓貓從反應到反射動作都受過了嚴格訓練，所以她要強調錯不在她。

換句話說，到底是怎麼回事呢——

貓貓把嘴裡積滿的唾液咕嘟一聲吞下了。她張開原本微啟的唇引誘對方入甕，然後反過來主動滑進了對方口中。

壬氏臉上浮現又驚又喜的表情，但沒能維持多久。他的身體不自由主地抖動幾下，逐漸放鬆了抓住貓貓的力道。

再強調一遍，錯不在貓貓，此乃不可抗御之事。

貓貓竟然拿煙花巷真傳的高手巧技回敬了壬氏。

○●○

不過是兒戲般的約定，何必一直受到那種生鏽斑駁的東西所束縛？

阿多嗤嗤笑著。她將毛皮披在肩上，坐在冰涼的園林石上飲酒。砂石之都的晚風很冷，讓身子更欣然接受濃烈的酒精。

她已經哄緊張到身子發燙的里樹妃入睡，此刻正在悠閒暢飲沒喝到的酒。

『朕無意迎娶妳以外的女子。』

又何必說這種辦不到的約定呢？她想，你的身分地位又不容你這麼做。阿多知道自從自己再也無法懷胎後，那些重臣屢屢奏請皇上選后。自己也曾經打過壞主意，甚至想讓溫柔貌美的閨友行不貞之事。

她那可悲的閨友單單為了留下正統血脈，只能與別人挑選的對象結合。看看她那友人弄不清楚自己立場的態度，她覺得不如讓閨友成為綻放於一國之君身畔的好花。

奈何世事難料，閨友狠狠打了阿多一巴掌。

『不許妳看不起我。』

阿多認為她是個溫柔的姑娘，是個美麗的姑娘，是個聰慧的姑娘。所以阿多為她準備了更適合她坐的位子，卻激怒了她。

阿多不懂女人心。不知是因為自己後來失去女兒身，還是本質如此。阿多只知道看來自己嚴重傷害了她的自尊。

她還不懂兒女之情，就在友情之下成了嬪妃。爾後又生了孩子。

阿多明白自己以女子來說異於常人，但看來自己心中還有母性存在。犧牲自己的子宮生下的孩子，比什麼都要可愛。孩子皺得像隻猴兒似的，揮舞著好像一碰就要壞了的小手，哭著要吃奶。

宮中早已請了奶娘，但阿多任性要求，抱了自己的孩子。她想餵奶，但娃兒總是吃不飽。阿多的身體早已不是女子了。

娃兒被送回了奶娘的懷裡。
在絕望之中，阿多變得一心只想著自己的孩子。想著如何才能讓那柔弱的小生命活下去。
然後，她拿定了一個主意。
『我這娃兒與他皇叔父長得真像呢。』
阿多的孩子與他的叔父幾乎是同一時期出生。產後月子做得不順，但她勉強去見了母后。
『就算抱錯了也不會發現呢。』
阿多半是說笑，半是認真，任由母后如何理解都行。侍女或奶娘都早已屏退了。
『是呀。妳的娃兒也讓我抱抱好嗎？』
母后如此說著，抱起了她的孩子，說是要換尿布而脫了襁褓，包上乾淨的尿布。阿多也替接過來抱的小叔脫了襁褓，然後包上帶來的替換襁褓。
兩人都是剛剛產子，心中也都開了一個缺口。母后安氏對自己孩子的眼光永遠冷淡，只是因為始終保持笑容，旁人想必不曾發覺；但她投向阿多之子的視線卻溫柔慈祥。
也許她愛自己的孫子，卻恨皇帝的兒子吧。
所以，阿多換了娃兒之後逕自回宮，安氏也不曾說什麼。好像這才是理所當然似的，孩子就這樣順利掉包了。

日後，阿多養育的孩子死了。如果當時沒有掉包，孩子也許就不會死了。雖然阿多對孩子有了感情，也很難過，但同時也為了自己的孩子還活著而高興。

這個不受親生母親所愛，地位又被姪兒奪走的嬰孩，連話都還不會說就死了。

後來，阿多與安氏似乎都有所動搖。以往總是給侍女惹麻煩的渾小子，已經成熟到能夠察言觀色；但也許因為年紀尚輕，無法不找地方發洩吧。一位醫官因此被逐出了後宮。

因果關係著實不可思議，那位醫官的養女，如今被阿多的孩子看中了。

異國的公主、與玉葉后同族的幾名姑娘、里樹妃與那位姑娘，然後可以再加上翠苓。阿多帶翠苓來並不只是為了好玩。她雖是帶罪之身，但血統上應是無可挑剔。只是如果在此地穿幫，事情將會一發不可收拾。

阿多嗤嗤笑著。

只不過是幼時兒戲做的約定，但那傢伙仍然試著守約。只是，那傢伙無法拒絕年幼「月兒」的請求。他接手了名為後宮的廣大花園，決定為「月兒」生一個皇弟。之所以會命令「月兒」假扮宦官潛入後宮，也許是罰他迫使自己毀約，也或許是好心增加他與阿多的見面機會。

多虧於此，她有了許多機會能作弄時常來訪的玉面宦官閣下。那時候實在愉快得很。

好不容易離開了四夫人之位，現在又得進入離宮負責聽那傢伙抱怨了。她是覺得與其來個鬍子中年人，不如給她送些年輕人來。能領養孩子著實值得感謝，還是年輕人好。再說，名喚翠苓的姑娘逗起來也挺好玩的。

但是，還有一件事不能忘記。

他們之間兒戲般的第二個約定。那時她還不知道什麼叫作懂得分寸。

『說得也是。難得有這機會，你就讓我成為國母吧。』

那傻子二話不說就答應了。他究竟知不知道這代表什麼意思？如今又是否還記在心裡？即使已經讓西方的大朵嬌花坐上了后位。

「且看事情如何發展吧。」

阿多轉動著酒杯，決定靜觀「月兒」會選擇什麼樣的花朵。

《藥師少女的獨語 6》待續

國家圖書館出版品預行編目資料

藥師少女的獨語 / 日向夏作 ; 可倫譯. -- 初版. -- 臺北市 : 臺灣角川, 2020.03-
冊 ; 公分. -- (Kadokawa fantastic novels)

譯自 : 薬屋のひとりごと 5
ISBN 978-957-743-632-0(第5冊 : 平裝)

861.57　　109000721

Kadokawa
Fantastic
Novels

藥師少女的獨語 5

（原著名：薬屋のひとりごと 5）

2020年3月18日　初版第1刷發行
2024年3月15日　初版第7刷發行

作　　者：日向夏
插　　畫：しのとうこ
譯　　者：可倫

發 行 人：台灣角川股份有限公司
總　　監：呂慧君
總 編 輯：蔡佩芬
主　　編：林秀儒
編　　輯：邱璨萱
設計指導：陳晞叡
美術設計：吳佳昫
印　　務：李明修（主任）、張加恩（主任）、張凱棋

發 行 所：台灣角川股份有限公司
地　　址：104台北市中山區松江路223號3樓
電　　話：（02）2515-3000
傳　　真：（02）2515-0033
網　　址：www.kadokawa.com.tw
劃撥帳戶：台灣角川股份有限公司
劃撥帳號：19487412
法律顧問：有澤法律事務所
製　　版：巨茂科技印刷有限公司
ISBN：978-957-743-632-0